Omistettu niille, jotka ovat lukeneet tämän trilogian kaksi ensimmäistä osaa. Olette kokoanne monin verroin merkittävämpi joukko.

Kimmo Matero

Sevillan parturi

- Kalervo Lahdenmäki Espanjassa -

Kannen suunnittelu: Viestintätoimisto Kiteytin
Sisuksen taitto: Viestintätoimisto Kiteytin

Kustantaja: BoD – Books on Demand, Helsinki, Suomi
Valmistaja: BoD – Books on Demand, Norderstedt, Saksa

ISBN: 978-952-80-4534-2

PROLOGI

Cartagenan satama, Espanja, 25.10.1936

- Vauhtia nyt! Laivojen pitää päästä lähtemään!

Hikiset miehistön jäsenet kävivät viimeisen, lastauslaiturilla odottava laatikkopinon kimppuun. Pimeä oli jo laskeutunut, ja muutama laiturialuetta kaukaa valaiseva lamppu venytti työskentelevien miesten varjot keon yli. Laatikoiden kyljissä olevat Espanjan valtion sinetit vuoroin valaistuivat näkyviin, vuoroin peittyivät varjoihin.

- *Madre mía*, nämä perhanan kirstut painavat joka kerta enemmän ja enemmän, ohuen kaulahuivinsa hikinauhaksi itselleen kietonut matruusi puuskahti.

- Tuskinpa. Eiköhän nämä ole kaikki punnittu aika tarkkaan samanpainoisiksi, lastaamista valvova, parrakas mies kapteenilakissaan vastasi vahvasti murteellisella espanjan kielellä.

- Miksi niin tarkasti? matruusi kysyi.

- Ei kuulu sinulle. Laita se vinssi vain paikalleen, äläkä kysele.

Matruusi totteli mutisten jotakin itsekseen ja antoi mekaanisen nosturin siirtää laatikot yksi kerrallaan laivan ruumaan. Lastausaukon yläpuolella näkyi suurin kyrillisin kirjaimin maalattu aluksen nimi, "Volgoles".

Laiturille juoksi hengästynyt, raitapaitainen nuorimies kämmensyrjäänsä merimieslakkiinsa vetäen.

– Herra kapteeni, Kine, Kursk ja Neva on lastattu ja ne ovat valmiita lähtöön!

– Hyvä. Kapteenilakkinen katsahti viestintuojaa. Poika ei vaikuttanut juuri kuuttatoista vuotta vanhemmalta.

Viimeistä laatikkoa siirtämään jäänyt matruusi kävi jälleen uteliaaksi.

– *Ay caramba*, laskujeni mukaan näissä kolmessa laivassa on nyt yhteensä melkein 8000 tällaista laatikkoa. Minne ne ovat menossa?

– Odessaan, Neuvostoliittoon. Pieni lahja Isä Aurinkoiselle. Sinuna en kyselisi enempää, vaan siirtyisin laivaan, kapteenilakkinen vastasi.

– Entä nuo satakunta pressulla peitettyä laatikkoa tuolla hallin eteisessä?

Kapteenilakkinen sai utelusta tarpeekseen. Hän vilkaisi, ettei laiturilla ollut heidän kolmen lisäkseen muita, veti vyökotelostaan esiin pienen käsiaseen, käänsi sen kohti äkisti sanattomaksi mennyttä matruusia ja veti liipasimesta. Matruusin silmät levisivät, hän tarttui rintaansa ja kaatui selkä edellä laiturin ja laivan väliseen aukkoon. Kaukainen molskahdus kertoi kohta ruumiin alittaneen merenpinnan tason.

Ampuja kääntyi vielä savuava ase kädessään paikalleen jähmettyneen, nuoren viestintuojan puoleen. Hetken harkittuaan hän päätti sääliä pelästynyttä poikaa.

– Sinä siinä, mikä on nimesi?

– Adulfo, señor, poika sai kakisteltua.

- Kuulehan Adulfo. Et nähnyt mitään. Eroat laivastosta välittömästi ja lähdet juoksemaan tuohon suuntaan niin nopeasti kuin pystyt.

Mies heilautti kättään poispäin. Pojan alaleuka väpätti, eikä hän pystynyt liikkumaan.

- Äkkiä nyt, ennen kuin muutan mieleni! mies ärjäisi. Se sai poikaan vauhtia. Hän kääntyi kannoillaan, pinkaisi juoksuun kohti satamarakennuksia ja hävisi pian niiden välistä näkymättömiin.

YKSI

Haahuilin päämäärättömästi pitkin tehtaan käytäviä. Halkeilleet betoniseinät kaiuttivat askeleitani. Välillä jostain kantautui metallia työstävien koneiden lyhyitä kirskahduksia, mutta nekin vaimenivat nopeasti. Tehtaan pilli oli muutama minuutti aiemmin julistanut lounastauon alkaneeksi, ja ruokailemaan poistuneiden työntekijöiden kovaääniset keskustelut olivat ripeästi hävinneet äänimaisemasta.

Harmittelin asuntooni aamukiireessä unohtamiani eväsleipiä. Olin vastikään aloittanut työt Valmetin tehtaalla Jyväskylän maalaiskuntaan kuuluvassa Jyskässä ja löytänyt lähistön kerrostaloista itselleni myös pienen vuokrayksiön. 80-luvun puolivälin Suomessa työllisyystilanne oli hyvä, ja olin puhunut itseni sisään Valmetille suhteellisen vaatimattomilla näytöillä. "Mukava kaveri - ei vakuuttanut osaamisellaan", oli haastattelijana toiminut työnjohtaja kirjoittanut muistiinpanoihinsa kohdalleni. Mutta mikä tärkeintä, seuraava lause muistiossa kuului: "Otetaan töihin".

Jyskässä oli valmistettu jo vuodesta 1946 lähtien kilowattituntimittareita, joiden kysyntä oli vakaassa kasvussa, ja mittariyksikköön tarvittiin lisää väkeä. Peruskoulun ja tanssimuusikon koulutuspohjalta tehtäväkseni oli kuitenkin uskottu lähinnä sähkömittareiden lastaukseen ja lähetykseen liittyviä varastotöitä, joissa vaadittava ajatustyön aste ei edellyttänyt kovin kummoista skarppaamista heti aamutuimaan. Työstäni ei ollut myöskään vielä ehtinyt muodostua sellaista rutiinia, että olisin unenpöpperössänikin muistanut näin maanantaiaamuna kaapata metvurstileipäpaketin automaattisesti jääkaapista mukaani lähtiessäni. Vatsani muistutti minua nyt unohduksestani syyttävin murahduksin.

Sain ajatuksen ja nousin rappuset ylös neuvotteluhuonekerrokseen. Näkymä muuttui modernimmaksi. Seiniä oli paikkailtu ja maalailtu; muutamia valokuvista suurennettuja muotokuviakin roikkui siellä täällä. Joidenkin sijainti antoi olettaa, että niillä oli ehkä peitetty pahimpia halkeamia.

Tarkistin, ettei käytävällä näkynyt liikettä. Siirryin sitten lähimmän kokoushuoneen ovelle ja painoin korvani kiinni lastulevyyn. Sisäpuolella oli hiljaista. Painoin kahvaa varovasti alaspäin ja työnsin oven auki.

Huoneessa oli neuvoteltu, mutta nyt se oli tyhjä. Vaaleasta täystammesta valmistetun pöydän ympärillä olevista kahdeksasta, ruskealla kankaalla päällystetystä tuolista viisi sijaitsi pöydästä poistumisen jäljiltä sikin sokin, lähellä ulkoseiniä. Pöydällä oli termoskannu ja niin ikään viisi käytettyä kahvikuppia lautasineen. Kahvia oli perinteiseen tapaan läikähtänyt yli asetin reunojen, ja siivoojat olivat saaneet muutaman ympyränmuotoisen kuvion siivottavakseen pöydän pinnalta. Kokoussämpylät olivat valitettavasti käyneet kaikki kaupaksi, vain pari persiljakimppua oli jäänyt leivänmurusten kanssa tähteeksi aseteille. Kokeilin varmuuden vuoksi vielä termospulloa, mutta senkään sisällä ei ollut enää mitään, mikä siellä hölskyisi.

Poistuin pettyneenä huoneesta ja suuntasin askeleeni kohti seuraavaa. Kuulostelin oven takana taas hetken, ennen kuin avasin sen.

Havaitsin heti onneni kääntyneen. Kokoushuoneen pöydällä oli asetilla kaksi suurta viineriä, joiden punaisena hehkuvat kirsikkakeskukset vetivät kaiken huomioni välittömästi itseensä. Harpoin pöydän ääreen ja ojensin käteni siirtääkseni rasvaisen ja lehtevän herkun suuhuni.

- Lampinen, vai? kuului takaoikealta.

Käänsin pääni äänen suuntaan ja näin noin kuusikymppisen, vaaleanharmaaseen pukuun sonnustautuneen hahmon istuvan huoneen nurkan nojatuolissa ja katselevan minua paksusankaisten silmälasiensa läpi. Päälaelta kaljuuntunut mies vaikutti tutulta, ja muistin nähneeni hänet jossakin tehtaan johtoporrasta esittelevistä valokuvista.

Mies vilkaisi yhä viineriä kohti kurottavaan käteeni ja käänsi katseensa sen jälkeen sylissään olevaan paperipinoon.

- Ottakaa vain, hoidetaan tämä nopeasti alta pois, hän kehotti alkaen selailla papereitaan.

Hämmennykseltäni en kyennyt kuin tekemään työtä käskettyä. Nälkäkin oli. Istahdin pöydän ääreen ja aloin mutustaa viineriä. Mietin samalla kuumeisesti, missä vaiheessa ja miten kertoisin tälle johtajaportaan edustajalle, etten suinkaan ollut aavisteltu Lampinen, vaan Lahdenmäki. Alkusointi nimillämme toki oli yhtenevä.

Pukumies nousi nojatuolista ja laski pöydälle eteeni pullean muovitaskun täynnä papereita.

- Tuossa on lentoliput ja yhteyshenkilömme tiedot. Hän tulee teitä vastaan lentokentälle perillä. Onko kysyttävää?

Avasin suuni kertoakseni arvon herra johtajan erehtyneen nyt pahan kerran henkilöstä, mutta samalla lehtitaikinan murusia imaistui kurkkutorveeni ja sain ankaran yskänpuuskan.

Harmaapukuinen vetäytyi ensin kevyt inhotuksen ilme kasvoillaan kauemmaksi, mutta köhimiseni jatkuessa päätyi taputtamaan pari kertaa selkääni. Ilmeisesti hän ajatteli sen estävän tukehtumiseni ilman tarvetta heimlich-otteeseen, johon hän oli pääjohtajan kohdalla kerran joutunut turvautumaan ja sen jälkeen päättänyt välttää vastaavia tilanteita. Näin onneksi kävikin.

Huomatessaan olotilani helpottavan johtaja otti loput paperinsa sivupöydältä ja siirtyi ovelle.

- Tästä ei sitten lisäksemme tiedä kukaan muu. Ulkomaisen ostajan etsintä ei saa päästä vuotamaan, varsinkaan lehdistölle. Että pidättehän sielläkin sitten matalaa profiilia?

Tulkitsin, että kysymys oli luonteeltaan retorinen, ja koska ääni ei vieläkään minulla kulkenut, tyydyin nyökkäämään hänelle hätäisesti. Kaadoin samalla termospullosta kahvia kuppiini kurkkuani kostuttaakseni. Hörppäyksen jälkeen käännyin takaisin ovea kohti selittääkseni erehdyksen, mutta johtaja oli jo poistunut huoneesta.

Aukaisin eteeni lasketun muovitaskun ja otin siellä olevan lentolipun käteeni. Lähtöpaikaksi oli kirjattu Jyväskylä ja määränpääksi Sevilla, jonka sijoitin mielessäni jonnekin Etelä-Eurooppaan. Siirtymälento Helsinki-Vantaalle lähtisi Jyväskylästä seuraavana aamuna kello 6:25.

Minulla ei ollut varsinaisesti kyltymätöntä innostusta hankkiutua ulkomaille, mutta niin vain minua oltiin jälleen kerran sattuman oikusta sinne tuuppaamassa. Edelliset kerrat, kun olin ulkomaanmatkaillut, olivat johtuneet joko oikeassa paikassa väärään aikaan tai oikeaan aikaan väärässä paikassa olemisesta. Tällä kertaa olin ilmeisesti sattunut väärään paikkaan väärään aikaan, jonka mielessäni laskeskelin mukavaksi vaihteluksi aiempaan.

Johtaja Muinosen - kuten hänen nimensä neuvotteluhuoneen seinällä roikkuvan, johtoportaan valokuvan alta tavasin - antamassa muovitaskussa oli lentolippujen lisäksi erilaisia muistiinpanoja. Yritin keksiä niistä keinon selvittää Muinoselle koko sekaannus, mutta en löytänyt moista. Papereissa viitattiin johonkin espanjalaiseen, niin ikään kilowattituntimittareita valmistavaan firmaan ja listattiin siihen liittyviä taloudellisia tunnuslukuja, jotka eivät minulle kertoneet mitään. Lisäksi taskussa oli nippu seteleitä, joissa oli hirvittävän suuria numeroita. Lähempi tarkastelu osoitti valuutaksi Espanjan pesetat. Laskin moninollaiset numerot yhteen ja sain tulokseksi 200.000. Luku näytti suurelta, mutta en osannut sanoa, oliko se sitä. Päätin syödä toisenkin viinerin ja pitää iltapäivän sairaslomaa. Kollegoiltani olin jo oppinut, että pienemmästäkin syystä niitä oli pidetty. Tuumin, että omassa tapauksessani olivat kyllä jo vähintäänkin iltapäivän mittaisen trauman ainekset koossa.

Hiivin pois neuvotteluhuonekerroksesta, hain kellarin vaatenaulakosta ulkovaatteeni ja poistuin tehtaalta. Pakkaslumi narskui maihareideni alla, kun kiiruhdin viiden minuutin kävelymatkan kerrostalolleni. Perillä yritin pujahtaa asuntooni mahdollisimman huomaamattomasti, olihan sekä arki- että vasta alkuiltapäivä. Talomme tietotoimisto pääsi kuitenkin yllättämään minut rappukäytävässä. Sain kuulla, että Vaajakoskella oli aamulla sattunut erityisen paha auto-onnettomuus, jossa oli kuollut joku Lampinen. Oli ollut kuulemma Valmetilla töissä, enkös minäkin siellä ollut? Ja eikös tähän aikaankin olisi pitänyt olla? Mutisin hänelle jotakin ympäripyöreää sähkömittareiden vaiheenkääntövapaasta, ennen kiiruhtamistani takaisin asuntooni.

Edessäni oli siis kaksi vaihtoehtoa: joko tunnustaisin Valmetin johdolle rehdisti syöneeni kuolleen miehen viinerit, tai sitten lähtisin suorittamaan hänelle kaavailtua salaista tehtävää Espanjan lämpöön.

Hain kellarivaraston kanahäkistä matkalaukkuni ja pakkasin siihen vaatekomerosta talven ajaksi alahyllylle siirtämäni shortsit ja t-paidat.

KAKSI

Jyväskylän lentoaseman matkustajaterminaali oli valmistunut vuonna 1960, eikä siellä sen jälkeen ollut ainakaan lämmitysjärjestelmiin juuri koskettu. Helmikuinen, kipakka pakkasaamu puski sisälle terminaaliin. Vilunväristyksiäni lisäsivät myös lyhyeksi jäänyt yöuni, aikainen ajankohta ja määränpäätäni ennakoiva, kevyehkö vaatetus. Lentokenttävirkailija katsahti minua säälivästi, eikä ilmeisesti myötätunnosta puuttunut matkustusasiakirjoihini, joihin olin kömpelösti käsin muuttanut "Lampisen" tilalle "Lahdenmäen" nimen.

– Ikkuna- vai käytäväpaikka? hän kysyi protokollan mukaisesti, mutta jatkoi saman tien vastaustani odottamatta:

– Laitetaan käytäväpaikka, ikkunoista saattaa huokua hiukan kylmää.

– Kiitos, hytisin.

– Eipä kestä. Hyvää matkaa Espanjaan! Jatkolentonne Helsinki-Vantaalta Pariisiin lähtee tasan kahdeksalta. Se on sitten hiukan isompi ja lämpimämpi kone. Matkalaukkunne siirtyy sinne automaattisesti. Jatkoyhteydestä Sevillaan en vielä osaa sanoa mitään.

Virkailija ojensi minulle passini ja lentolippuni. Kiitin ja marssin lähtöportille muutaman muun, unisen näköisen matkustajan seuraksi odottamaan koneen lastausta.

Fokker F25-200 Friendship –potkurikoneessa oli paikkoja 44 matkustajalle, mutta istuimista oli täytetty vain alle puolet. Tyypillinen matkustaja oli pelkän salkun kanssa liikkeellä oleva juppi; kolmekymppinen mies, matkalla työpäivän mittaiseen liikeneuvotteluun Helsingissä. Suomen taloudessa käynnistymässä olevan vahvan nousukauden ilmentymä. Hän ei tuhlannut lyhyttä lentomatkaa vierustovereihin tutustumiseen, vaan saattamaan edes jokseenkin kelvollisesti loppuun aikaisen aamuherätyksen katkaisemat yöunet. Yllättävän moni matkustajista vaikutti tässä onnistuvan, koneen potkureiden pitämästä metelistä huolimatta.

Kone tuntui lähtevän laskeutumaan lähes heti ilmaan päästyään, eikä minkäänlaista tarjoilua edes ehdotettu matkustajille. Perämies Turtiaisen lentoharjoittelujaksollaan suorittaman, vaappuvan lennon päätteeksi rojahdimme kiitoradalle sen verran töyssyisästi, ettei kahvi olisi kupissa pysynytkään.

Helsinki-Vantaalla matkaseuralaiseni katosivat nopeasti kotimaanterminaalin taksitolpan jonon suuntaan. Itse jatkoin kävellen ulkomaanterminaaliin. Vaihdoin lähtöselvitystiskillä Jyväskylässä tulostettuun muotoon siirtyneen lennonvarauskupongin matkalipuksi jatkolennolleni Pariisiin ja asetuin reppuineni turvatarkastusjonoon.

Tarkastaja tavoitteli kasvoillaan jonkinlaista yrmeyttä, mutta muutoin turvatarkastus reppuni läpivalaisuineen oli läpihuutojuttu. Repussani oli oikeastaan kaikki tarpeellinen; passi, hammasharja, uimahousut, varasukat ja muovitaskussa olleet paperit sekä niiden seasta löytämäni espanjalaissetelit. Huomasin rahamäärän nostavan tulevaisuudenuskoani suunnilleen pesetan vaihtokurssin verran. Olinhan aiemminkin

15

kuullut Pariisin lentokenttään liittyvistä matkatavaran logistiikkaongelmista, joten olisin turvassa, vaikka matkalaukkuni ei sieltä seuraavalle lennolle ehtisikään.

Charles de Gaullen kentän turvatarkastajat onnistuivat luomaan toimitukseen jo astetta totisemman ilmapiirin. Yksin matkustavan nuoren miehen oletusarvo heille oli ilmeisesti huumekuriiri, ja he tarkistivat kantamukseni vastaavalla pieteetillä. Lisäepäilystä lienee herättänyt hikinen olemukseni, sillä olin joutunut hakemaan matkalaukkuni ja juoksemaan sen kanssa jatkolennolle Air Francen käyttämään kakkosterminaaliin varsin lyhyellä vaihtoajalla.

Ranskalaiskoneen lentoemännät olivat huolellisesti meikattuja ja sen oloisia, etten kuuna päivänä uskaltaisi avata keskustelua heidän kanssaan. Itseriittoinen vaikutelma yhdistettynä ruoan kanssa tarjoiltuun pahanmakuiseen punaviiniin sai minut odottamaan laskeutumista perille Sevillaan entistä kovemmin.

KOLME

- *Hola!*

Iloisesti hymyilevä, kiharatukkainen nuorimies oli arviolta reilu parikymppinen, ehkä pari vuotta itseäni nuorempi. Hän piti käsissään kylttiä, johon oli kirjoitettu "Mr. Kalervo". Tulkitsin sen tarkoittavan itseäni ja tervehdin vastaanottajaani englanniksi.

- Olen Juan. Juan Paneque. Tervetuloa Sevillaan! Kuinka matkasi sujui? hän jatkoi erehdyttävästi espanjalta kuulostavalla englannilla.

- Kiitos, elossa ollaan.

Juanin mielestä vastaukseni oli ilmeisesti hauska, koska hän alkoi nauraa ääneen.

- Sepä mukavaa! Pidänkin enemmän elävien kyyditsemisestä.

- Minäkin matkustan mieluummin elävänä. Mihin menemme?

- Käydään ensin viemässä tavarasi asunnollesi ja mennään sitten katsomaan työpaikkaasi.

Kummastakaan ei itselläni ollut enakkokäsitystä, joten hyväksyin kyyditystarjouksen ilomielin. Nostin matkalaukkuni terminaalin ulkopuolella odottavaan valkoiseen Seat Ibizaan. Ilma oli aurinkoinen, muttei aivan niin lämmin kuin olin odottanut. Kysyin Juanilta, oliko keli tyypillinen.

- On kyllä. Näin helmikuussa aamu voi olla kylmäkin, tänäänkin oli vain +5 astetta. Mutta näin iltapäivällä voi sitten olla jo parikymmentäkin astetta.

Viisi astetta ei kuulostanut hyvältä shortsiarsenaaliani ajatellen, mutta pidin matkalaukkuni sisällön omana tietonani. Juan vaikutti puheliaalta kaverilta, joten sain matkalla valaistusta yleiseenkin asiaintilaan parilla lyhyellä kysymyksellä. Hän kertoi minulle opiskelevansa Sevillan yliopistossa elektroniikkaa ja olevansa hyvin lähellä valmistumista. Työt Landis&Gyrin tehtaan tuotekehitysosastolla olivat kuulemma kiinnostavia, joskin hidastivat hiukan hänen valmistumistaan. Hänet oli myös nimetty yhdyshenkilöksi tehtaalle muualta tuleville vaihtotyöntekijöille, jollaiseksi itsekin siten hahmotin. Homma oli kuulemma mukavaa, mutta aikaa vievää. Kysyin vielä, miten hän tunsi johtaja Muinosen.

- Hän otti yhteyttä José Antonioon. En tiedä, mitä he tarkalleen sopivat, mutta José Antonio kertoi, että tuotekehitysosastollemme tulee pariksi kuukaudeksi työntekijä Suomesta ja käski minun järjestää sinulle asunnon.

Pariksi kuukaudeksi? No, nyt ainakin tiesin pestini pituuden.

- Ja kuka tämä José Antonio on?
- Pomoni. Tuotekehitysosaston päällikkö. Reilu kaveri. Pidät hänestä varmasti. Minkä alan insinööri muuten itse olet?

Perhana, nyt piti keksiä nopeasti jotakin. Insinööri-muusikkoja ei varmaan valmistunut mikään maan opinahjoista. Mutta musiikkia kuuli esimerkiksi radiosta.

- Radioinsinööri, vastasin.
- Aa, loistavaa! Sellaista osaamista meillä kaivataankin!

Purin huultani. Tästä seuraisi velä harmeja. Mutta mitä muuta olin odottanut? Kuinka paljon tämä José Antonio tiesi peitetehtävästäni? Varmasti ainakin enemmän kuin minä. Vaihdoin puheenaihetta.

- Millainen se asunto on?

- Näet aivan kohta itse. Oma huone erään mukavan mummon alivuokralaisena El Porvenirissa. Pidät hänestä varmasti.

- Mikä on El Porvenir?

- Ai, se on espanjaksi "tulevaisuus". Mutta se on myös kaupunginosa keskustassa. Ihan lähellä Parque de María Luisaa. Pidät siitä varmasti.

Juan pudotteli itselleni tuntemattomia paikannimiä ja tuntui olevan varma, että pitäisin Sevillassa kaikesta. En kehdannut tiedustella, mihin hän mahtoi arvionsa perustaa.

Sevillan lentokenttä sijaitsi lähellä kaupunkia. Vain parinkymmenen minuutin ajomatkan jälkeen olimme El Porvenirin kaupunginosassa. Panin merkille leveitä pääkatuja reunustavat lehtipuut, kookospalmut ja siellä täällä puista roikkuvat appelsiinit. Niiden lisäksi myös rakennusten vaaleansävyiset ulkoseinät kielivät ainakin kesäaikaan saavutettavista, trooppisemmista lämpötiloista. Kaksi- ja kolmekerroksisten rakennusten asuinkerrosten ikkunoita koristivat ranskalaiset parvekkeet. Olin oppinut, että ranskalaisen niistä teki se, etteivät ne oikeastaan olleet edes parvekkeita. Mietin, että yhtymäkohta ranskalaisiin perunoihin ja ranskalaiseen visiittiin oli ilmeinen ja nimitys siinä mielessä looginen.

Katutasossa näkyi muutamia valkoisia markiiseja, jotka oli vedetty suojaamaan baarien ulkopuolella istuvia asiakkaita liialta auringolta. Käännyimme Progreso-nimiselle, kapealle kadulle ja pysähdyimme vaaleanruskean rakennuksen eteen. Alakerroksen ikkunoissa oli kalterit.

- Onko tämä vankila? kysyin Juanilta.

- Ei tietenkään, hän nauroi. – Jotkut asukkaat vain haluavat tehdä murtovarkaiden sisääntulosta vähän vaikeampaa.

Hienoa, mietin. Sevilla oli siis iloisten rikollisten kaupunki. Vuokraemäntäni ei puolestaan vaikuttanut olevan kumpaakaan. Hymytön, harmaahiuksinen ja tanakka señora vaaleassa, raidallisessa mekossaan tyytyi oven avattuaan ainoastaan viittaamaan kädellään yläkertaan, ennen kuin kääntyi vaivalloisesti ja palasi keittiöönsä. Juan ei tästä säikähtänyt, vaan kantoi matkalaukkuni kapeita portaita pitkin asunnon yläkerran vierashuoneeseen.

Hämärässä huoneessa oli korkealla patjakasalla varustettu sänky, antiikkinen vaatekaappi ja pieni tuoli. En heti keksinyt ruskealle istuimelle mitään funktiota, mutta Juan valaisi minua tässäkin asiassa.

- Laitan matkalaukkusi tähän tuolille, niin ötökät eivät pääse lattialta sinne.

- Hyvin ystävällistä, vastasin.

Juan nappasi huoneeni ovessa olevan avainnipun käteensä ja ojensi sen minulle.

- Tässä ovat huoneesi ja talon ulko-oven avaimet. Kokeile, miten ovet lukitaan, niin lähdetään työpaikalle.

Tein työtä käskettyä. Abloy ei ollut ilmeisesti saavuttanut jalansijaa ainakaan etelä-Espanjassa, sen verran kummallisia täkäläiset avaimet olivat. Mutta lukitukset tuntuivat pitävän, ja sehän oli pääasia.

Alakerran mummo ei vilkaissutkaan meihin poistuessamme, mutta katsoin silti tulevaa asiakassuhdetta ajatellen parhaaksi huikata hänelle "Adios!".

- Eikö ollutkin mukava rouva? Juan kysyi istuuduttuamme takaisin Seatiin. Vilkaisin häntä kysyvästi, mutta Juan tuuppasi autoradion kasettipesässä puoliksi odottelevan C-kasetin kokonaan sen sisään, painoi play-nappulaa ja ralletteli kohta ääneen kaiuttimista kuuluvaa, mielestäni lähi-itään viittaavaa melodiaa.

- Mikä laulu tuo on? tiedustelin sen sijaan.
- Ai tämä? Tämä on eräs *sevillana*.
- Sevillana? Olin oppinut Suomessa eräältä terapeuttituttavaltani, että hyvä keino saada puhuja kertomaan lisää oli toistaa hänen viimeksi sanomansa sanat. Metodi tuntui toimivan etelämpänäkin.
- Niin, sevillana. Se on paikallista kansanmusiikkia. Flamencoa itse asiassa. Hyvin suosittua. Sanat nyt yleensä kertovat rakkaudesta, maalaiselämästä ja sen sellaisesta, mutta niillä ei ole niin väliä. Oleellinen osa sevillanaa on tanssi.
- Tanssi?

Toistelutekniikka toimi kuin häkä. Juan innostui selittämään asiaa yhä tarkemmin.

- Niin! Se on oikeastaan flamencoa, mutta paljon hienompaa! Värikkäitä pukuja, ilmiömäistä tanssia! Jos olet täällä vielä huhtikuussa, pääset varmasti näkemään sitä.
- Huhtikuussa?
- Aivan. Silloin on *Feria de abril de Sevilla*, koko kaupungin suuri juhla. Kaikki kadut ovat täynnä tanssijoita.

Juan jatkoi kasetin mukana laulamistaan. Korviini lähinnä jollotuksen ja vaikerruksen välimuodolta kuulostanut laulumelodia ei siis ollutkaan arabimusiikkia, vaan paikallista andalusialaista.

- En odottanut ihan tuollaisia melodioita Espanjassa, kommentoin varovasti.
- Flamenco on mustalaismusiikkia, jossa puolestaan on paljon maurien vaikutusta. Se näkyy erityisesti täällä Andalusiassa. Sana *Andalucía*kin tulee heidän hallitsemansa alueen nimestä, *Al-Andalus*. Rakennukset, musiikki, tanssi. Maurit jättivät 800 vuoden aikana tänne kyllä jälkensä.
- Ai? Milloin heistä sitten päästiin? kysyin.

- Aika hiljattain, 1492. Silloin viimeisetkin, Granadassa asuneet muslimit karkotettiin Afrikkaan.

"Historia" taisi olla täkäläisille hiukan pidempi käsite kuin itselleni. Koto-Suomesta niin vanhoja rakennuksia sai Turun linnaa lukuun ottamatta hakea. Musiikissakin vanhimmat vaikutteet tulivat alle sadan vuoden takaa.

Arvelin, että jossain kuulemani sanonta "Mauri on tehnyt tehtävänsä, mauri saa mennä" saattoi liittyä jotenkin Espanjan historiaan, mutta lausahduksen kömpelö käännösyritykseni ei soittanut Juanilla kelloja.

Kaupungin keskusta oli pian ohitettu, ja karua maisemaa halkovan asvalttisuoran jälkeen saavuimme lasiseinäisen, parikerroksisen rakennuksen eteen. Juan parkkeerasi Seatinsa henkilökunnan parkkipaikalle, josta astelimme sen sisään. Aulassa seisoskeli pari ruskeaunivormuista hahmoa pamput vyöllään sekä metallipuomilla varustettu portti, josta meidän piti heidän valvoessaan kulkea läpi. Juan huikkasi jotakin tiskin takana istuvalle, kyllästyneen oloiselle neidille, ja tämä sipsutti sovittamaan avaimensa hissin vieressä sijaitsevaan lukkoon. Vasta sitten hissin ovi avautui.

- Tehdas, WC:t ja kahviautomaatti sijaitsevat tässä alakerrassa, tutkimus- ja kehitysosastomme on kakkoskerroksessa, Juan sanoi ja napautti hissin liikkeelle.

Toisessa kerroksessa hissin ovet aukenivat suoraan avokonttoritilaan, jossa olevien kirjoituspöytien ääressä istuskeli puolenkymmentä valkotakkista tutkijaa, kaikki miehiä. Heistä lyhin, noin nelikymppinen, kiharahiuksinen hahmo huomasi saapumisemme ja asteli unisesti hymyillen luoksemme.

- *Hola, soy Pepé!*

- Kalervo, vastasin ja tartuin ojennettuun käteen.

- Hän on Suomesta ja puhuu englantia, Juan kiirehti selittämään.

- Mitä? Etkö puhu espanjaa? Pepé kysyi, hänkin espanjalta kuulostavalla englannin kielen aksentilla.

- Ihan muutaman sanan, myönsin.

- No se korjaantuu nopeasti, Pepé naurahti. – Tervetuloa Sevillaan!

- Kiitos. Entä José Antonio? kysyin Juanilta.

- Hänen toimistonsa on tuolla, Juan vastasi osoittaen sormellaan tilaa, joka oli eristetty lasiovilla muusta avokonttorista. Lasikopissa olevan kirjoituspöydän takana istui pälvikaljuinen, hoikka mies ja puhui kiivaasti elehtien puhelimeen. Lasiovet estivät keskustelun kuulumisen ulkopuolisille.

- Odotammeko tässä? kysyin. Yli-insinöörin elekieli ei kehottanut menemään häiritsemään häntä kesken puhelun.

- Kyllä... jaa, ei sittenkään, Juan vastasi katsoessaan seinällä olevaa kelloa. – Työpäivä päättyi juuri.

Vilkaisin kelloa itsekin. Se näytti iltapäiväkolmea. Katsoin kysyvästi Juania.

- Noudatamme täällä tuotekehitysosastolla muun tehtaan rytmiä. Työpäivä alkaa kello seitsemän ja loppuu kolmelta.

- Entä lounastauko?

- Yhdentoista maissa haukkaamme joskus nopeat sämpylät. Kaikki menevät kuitenkin koteihinsa syömään kolmen jälkeen.

Rytmi ei kuulostanut ollenkaan siltä, mitä olin Sevillaa kuvaavasta lentokonelehden artikkelista siestoista sun muista lorvailusta lukenut. Mutta tällainen aikataulu jättäisi iltapäivät ja illat mukavasti vapaiksi tutustua kaupunkiin.

- Kuinka pääsen huomenna tänne aamuseitsemäksi?

- Pepé voi noukkia sinut kyytiinsä. Hän ajaa kuitenkin El Porvenirin kautta tänne. Etkös vaan ajakin? Juan kysyi Pepéltä.

- Totta kai! Voimme vaikka ajaa sitä kautta nyt, niin tiedän, mistä nappaan sinut kyytiin huomenaamulla.

Tällä välin kaikki kerroksen insinöörit, lasikopissaan yhä elehtivää José Antoniota lukuun ottamatta, olivat ripustaneet valkoiset takkinsa seinäkaappeihin ja sulloutuivat iloisesti rupatellen hissiin. Juan esitteli minut nopeasti kaikille, mutta jokaisella tuntui olevan jo jokin muu keskustelu meneillään. Vastavuoroisesti unohdin kaikkien esiteltyjen nimet saman tien.

NELJÄ

Pepén auto oli Seatien muodostamasta valtavirrasta poiketen isokokoinen, valkoinen Volvo.

- Pidän luksuksesta, hän hymyili raukeasti ohjaillessaan autoaan kiireettömästi pois teollisuusalueelta. – Ostin tämän, kun olin töissä Sveitsissä. Poltatko?

Puistin päätäni ja nostin kämmeneni tarjotun, tavallista kapeamman sätkän eteen. Pepé ei tuosta loukkaantunut, vaan sytytti kääryleen itselleen. Imelä tuoksu täytti auton, ja Pepé avasi ikkunan tuulettaakseen sitä.

- Tulet pitämään Sevillasta, hän sanoi yhtä itsevarmasti kuin Juan. – Täällä on aina juhlat jossakin. Jollei muualla, niin sitten minun luonani. Poltellaan, juodaan, kuunnellaan musiikkia. Pidätkö musiikista?

Varoin kertomasta mielipidettäni Juanilta kuulemastani laulunäytteestä ja totesin vain itsekin soittavani.

- Ai? Mitä soitat?

- Harmonikkaa. Se ei taida kuulua sevillana-musiikkiin?

- Ei oikeastaan. Sevillanaa säestetään melkein pelkästään kitaralla. Olen kyllä joskus nähnyt isommassa orkesterissa harmonikankin, mutta se on kyllä hyvin harvinaista. Viulujakin voi olla, mutta yleensä pelkkä kitara. Tai pari.

- Soitatko itse?
- Kitaraa? En. Nuorempana minulla oli kyllä bändikin. Soitin bassoa. Rolling Stonesia ja sellaista.
- Oho! Teittekö keikkojakin?
- Olimme itse asiassa aika suosittuja. Kävimme kiertueilla jopa Ranskassa. En tosin muista niistä paljoa, Pepé virnisti imaisten merkitsevästi sätkäänsä.

Huomasin olevamme vuokra-asuntoni edessä, joten pyysin Pepeä pysäyttämään auton. Sovimme, että näkisimme samassa paikassa seuraavana aamuna kello 6:50. Pepe heilautti kättään ja antoi autonsa lipua pois.

Avasin majapaikkani oven ja astuin varovasti sisään. Ehtoinen vuokraemäntäni vaikutti olevan poissa, ja tulkitsin, että vuokrasopimukseeni ei kuulunut keittiön käyttöoikeutta. Päätin siis tutustua kaupunkiin etsimällä kävellen itselleni jostakin ruokapaikan.

Tehtävä osoittautui kuitenkin mahdottomaksi. Kaikki keskustan liepeiltä löytämäni ravintolantapaiset oli suljettu lounasajan jälkeen, ja ne avattaisiin seuraavan kerran paikalliseen illallisaikaan, klo 20 tai vasta jopa klo 21. Havainto sai vatsani kurnimaan kahta kovemmin. Kiersin vielä muutaman korttelin, ja löysin yhden pienen ravintolan, joka ovikyltin mukaan aukeaisi jo klo 19:30. Painoin osoitteen muistiini ja lähdin tutustumaan siihen asti muuhun kaupunkiin.

Puolen miljoonan asukkaan kaupungiksi Sevillan iltapäivä oli yllättävän hiljainen. Tosin helmikuu ei varmaankaan ollut kuuminta turistisesonkia, ja siestan ajaksi suljetut kauppaliikkeetkään eivät suorastaan kutsuneet ihmisiä liikkeelle. Ydinkeskustan kapeilla kaduilla ei kuulunut kuin satunnaisia oven kolahduksia ja ilmeisesti tervehdyksiksi tarkoitettuja huudahduksia. Pääosin valkoisiksi maalatuista seinistä heijastuva, kirkas auringonpaiste sai siristämään silmiä. Päätin ostaa aurinkolasit heti, kun sellaisia myyvä, auki oleva kauppa osuisi kohdalle.

Kaupunkia halkovan Guadalquivir-joen leveällä rantakadulla oli sentään hiukan elämää, ja päädyin ostamaan auringolta suojaavat lasit Afrikan puolelta saapuneen kaupustelijan kadulle levittämältä matolta. Maksoin niistä todennäköisesti reilusti ylimääräistä, mutta silmien varjostaminen kämmenellä alkoi siinä vaiheessa käydä jo työstä, ja mukauduin markkinahintaan.

Vilkaisin rannekelloani, joka tuntui etenevän andalusialaisen verkkaisesti. Löytämäni ravintolan aukeamiseen oli vieläkin aikaa lähes pari tuntia. Huokasin ja aloin etsiä katseellani edes jotakin auki olevaa liikettä, johon poiketa.

Calle Dos de Mayolla huomasin vihdoin avoinna olevan oven. Oven päällä luki "Barbero". Tulkitsin sen tarkoittavan parturiliikettä ja sain mielestäni hauskan ajatuksen. Sen kerran, kun olin muusikkona Sevillassa, voisin saman tien poiketa parturissa. Itse oopperaa en ollut koskaan nähnyt, mutta nimi oli jäänyt mieleeni. Edellisestä parturivisiitistäni Jyväskylässä oli sitä paitsi jo aikaa, joten hiusten lyhennys oli enemmän kuin paikallaan.

Astuin siis avoimesta lasiovesta sisään pieneen parturiliikkeeseen. Eläkeikäiseltä Einsteinilta vaikuttava lyhyt mies lakaisi liikkeen lattialta hiuksia ja tervehti minua.

- *Buenas tardes, señor. Siéntese, por favor.*

Tervehdin takaisin ja päättelin ikämiehen kädenliikkeestä, että hän kehotti minua asettumaan liikkeen ainoaan istuimeen. Punaisen parturintuolin nahkapinta oli halkeillut varmasti jo 60-luvulla, mutta oli edelleen aktiivipalveluksessa.

Englannin, espanjan ja elekielen sekoituksella selitin, että hiukseni kaipasivat lyhentämistä. Viestin ymmärtämistä helpotti, ettei sisältö tullut kymmeniä vuosia ihmisten hiuksia parturoineelle veteraanille varsinaisena yllätyksenä. Vanhus aloitti huolellisen työnsä, eikä kysellyt hetkeen enempiä.

Viidentoista minuutin klipsuttelun jälkeen päätin yrittää avata keskustelua.

- Oletteko te se Sevillan parturi siitä oopperasta?

Parturoijan pettyneestä ilmeestä päätellen en ollut tämän hauskuuden ensimmäinen letkauttaja.

- Olen, hän kuitenkin kuuliaisesti vastasi. – Mistä itse tulette?

- Suomesta.

Saksien liike lakkasi.

Aloin juuri miettiä, kuinka selittäisin papparaiselle, mikä ja missä tämä Suomi oikein oli, kun tämä yllättäen keskeytti työnsä, asetti saksensa pöydälle, nousi ylös ja ontui pois näkyvistä liikkeen takahuoneeseen.

Olinko tietämättäni loukannut häntä? Huonolla kielitaidolla tuli varmaan vahingossa tokaistua jotakin, mikä ei kuulostanut siltä kuin piti. Pitäisikö minun lähteä emerituksen perään ja pyytää anteeksi? Vai vain poistua nopeasti paikalta, hiukset puoliksi leikeltyinä?

Hetken päästä takahuoneen muusta tilasta erottava verho kuitenkin kävi, ja vanhus palasi seisomaan tuolini ääreen. Hänellä oli kädessään keskiaukeaman tienoilta auki taitettu sanomalehti.

- Mitä tuossa sanotaan? hän kysyi ojentaen lehden minulle.

Hämmästyksekseni lehti ei ollutkaan espanjankielinen. Se oli erään itäsuomalaisen pikkukaupungin paikallislehden numero muutaman vuoden takaa. Katsoin parturia kummissani.

- Eräs toinen suomalainen kävi täällä, halusi kirjoittaa minusta jutun ja lähetti lehden minulle. En ymmärrä siitä sanaakaan, vanhus selitti.

Katsoin parturin osoittamaa artikkelia: "Aito Sevillan parturi", kuului otsikko. Jutun kirjoittaja oli muutamaa vuotta aiemmin käynyt haastattelemassa ukkoa saatuaan Sevillan-vierailullaan kuulla paikallisilta, että kyseessä oli todelliseksi Sevillan parturiksi yleisesti tituleerattu hiustenleikkaaja. Jutussa kuvailtiin yksityiskohtaisesti liikettä, jossa nyt itsekin istuin, sekä itse parturilta selvitettyä elämäkertaa.

Valittelin heikkoa espanjan kielen taitoani, mutta ehdotin vanhukselle, että ottaisin lehden lainaan pariksi päiväksi. Viettäisin tovin sen ja matkalaukustani löytyvän Suomi-Espanja-Suomi-pienoissanakirjan parissa ja palaisin sitten toimittamaan hänelle espanjaksi käännetyn referaatin artikkelista. Innokkaan mutinan ja elehtimisen lopputuloksena arvelin, että tämä sopi.

Istuin tyytyväisenä takaisin parturointiasentoon ja annoin ammattilaisen jatkaa työnsä loppuun asti. Sitten maksoin tälle hänen pyytämänsä summan, kiittelin ja nappasin sanomalehden mukaani, ennen kun poistuin lyhentyneine hiuksineni takaisin kadulle.

Kävelin takaisin Guadalquivir- joen rantamaisemiin vain todetakseni, että mikään ravitsemusliike tai edes kioski ei ollut hiusoperaation aikana avannut oviaan. Olin kuullut parturiltani, että Espanjan työttömyysluvut olivat aika hurjia, yli 20 prosenttia. Juuri nyt olisin toivonut edes osan ravintolanpitäjistä olevan töissä.

Tuntia myöhemmin, puoli kahdeksalta, seisoin siis aiemmin löytämäni ravintolan ovella nälkäisenä ja valmiina, kun sen omistaja tuli aukaisemaan lukon. Muita asiakkaita ei näkynyt, mutta isäntä toivotti minut tervetulleeksi ja vakuutti keittiöstä kyllä kohta jotakin minulle löytyvän.

"Jotakin" osoittautui ihan kelpo pihviksi ranskanperunoiden kera. Vatsani hyrisi tyytyväisyydestä saatuaan vihdoin ruokaa sisäänsä, enhän ollut aamuviiden jälkeen nauttinut kuin pari kevyttä lentokoneateriaa. Suomen aikaa kello oli sentään nyt jo yli iltakymmenen.

Maksoin aterian, otin lehteni ja poistuin ulko-ovesta – vain törmätäkseni saman tien sen edestä pimeässä kävelleeseen henkilöön.

– Perdon! tämä ähkäisi, vaikka vika oli ollut minun.

Ääni kuulosti kielestä huolimatta jotenkin tutulta. Katsoin edessäni olevaa partasuuta, joka tuijotti minua yhtä hämmästyneenä. Hetken kuluttua parran sisästä kuului kysymys:

– Kalervo?

VIISI

- Pena? hämmästelin vuorostani.

Edessäni seisova, rähjääntyneen hipin oloinen kaveri vakuutti todellakin olevansa Pena, useamman vuoden takaisen tanssiorkesterimme sanavalmis rumpali. Olimme jokin aika sitten matkustaneet tanssimusiikkiin liittyvän vienninedistämistehtävän yhteydessä Meksikoon, josta Pena oli löytänyt elämänsä rakkauden ja jäänyt sille tielle.

- Uskomatonta! Mitä ihmettä teet täällä Espanjassa? Mitä Carménille tapahtui? Mikset ole ollut yhteydessä minuun? sain suollettua kysymysn sarjan.

- Jos muistat sen meksikolaiskylän, niin ei se nyt ihan sivistyksen ytimessä ollut. Yleisöpuhelimia oli yhtä paljon kuin Helsingissä poroja. Ja kyllähän minä jossain vaiheessa soittelin Ranelle, jolta kuulin, että sinulla oli se Sirpasi ja olit muuttanut jonnekin perämetsään eikä hän ollut sinusta sen koommin kuullut.

- No siitäkin täytyy olla jo kolme, neljä vuotta. Sirpan kanssa erosimme kolmisen vuotta sitten.

- Kurja juttu.

- Ei oikeastaan.

- Sama meillä Carménin kanssa. Parissa vuodessa oli kulttuurierojen kiehtovat puolet käsitelty ja vain ne paskemmat jäljellä. Sedän kaupassa ei oikeastaan ruuhka-apulaisia tarvittu, joten päätin lähteä pois.

- Palasitko Suomeen?

- No en. Kun nyt siellä suunnalla olin, kiertelin vähän Väli-Amerikkaa; reppumatkailin Guatemalasta Hondurasin kautta Nicaraguaan ja Costa Ricaan. Jenkkeihin matkalla olleita maahanmuuttovirtoja vastaan siis. Ei siinä koskenlaskussa nyt ihan törmäyksiltä voinut välttyä, mutta hengissä ollaan. Jokin aika sitten hanttihommat toivat rahtilaivalla tänne Espanjaan.

- Kieli taitaa kääntyä sitten aika hyvin?

- No onhan se tullut tutuksi. Täällä Andalusiassa espanjaa äännetään muuten yllättävän saman kaltaisesti kuin latinalaisessa Amerikassa.

- Hieno juttu! Saatkin auttaa yhden lehtijutun kääntämisessä espanjaksi. Missä asustat?

- Yhdessä hostellissa tuossa muutaman korttelin päässä. Entä itse? Ja mitä teet täällä?

Tein Penalle selkoa sekaannuksista, jotka olivat alkaneet pullanmuruista kurkkutorvessa Jyskässä ja johtaneet reilussa vuorokaudessa pestiini radioinsinöörinä Espanjassa, vailla minkäänlaista tutkintoa. Jostakin syystä tarina huvitti Penaa suuresti.

- No huomenna on sitten jännä päivä, kun tapaat uuden pomosi. Lieneeköhän jo kuullut sen oikean Lampisen autokolarista?

- Toivottavasti ei, niin menee ainakin vähän aikaa tämä sumutus läpi.

- No onnea vaan uuteen työpaikkaan, radioinsinööri!

Penalla oli jokin tapaaminen illalle sovittuna, joten sovimme puolestamme näkevämme uudelleen seuraavana iltana samassa ravintolassa klo 19:30, jolloin se aukeaisi.

KUUSI

Kelloni soi 6:30. Huuhtaisin naamaani pienessä WC-tilassa, pukeuduin ja laskeuduin portaita pitkin alakerran keittiöön. Pöydällä oli iso lasi, jossa oli kaakaota. Ilmeisesti vuokraan kuului tällainen, mummon ehkä mieltämä puolihoitopalvelu. Join kaakaon, joka oli kieltämättä hyvänmakuinen, puin takin päälleni ja siirryin kadulle värjöttelemään ja odottamaan kyytiäni.

Sovitusti klo 6:50 Pepén valkoinen Volvo pysähtyi asuntoni kohdalle. Akateemisista tai andalusialaisista varteista ei näkynyt vilaustakaan. Hyppäsin kyytiin. Autossa oli mukavan lämmin, huomattavasti miellyttävämpi kuin vain pariasteinen ulkoilma.

- Melko kylmä, avasin keskustelun turvallisella sääaiheella.

- Ei kai teille suomalaisille? Pepé kummasteli.

- No emme pidä talvella shortseja.

Pepé ei kommentoinut asuvalintojani vaan siirsi puheen eiliseen.

- Olet näemmä käynyt parturissa?

- Kyllä. Löysin sen aidon Sevillan parturin.

- Ai Adulfon? Mukava mies.

- Hänet siis oikeasti tunnetaan Sevillan parturina?
- No aika moni ainakin nimittää häntä siten.

Kerroin Pepélle lehtiartikkelista, jonka eilinen parturiukko oli minua pyytänyt kääntämään. En maininnut, että olin myöhemmin illalla törmännyt jo tuttuun käännösapulaiseen.

- Hienoa, se on sinulle hyvää harjoitusta, Pepé sanoi.

Matka tehtaalle ei ollut pitkä, joten kohta olimme jo turvatarkastusseremonioissa ja sen jälkeen hississä matkalla kakkoskerrokseen.

- Menemmekö heti tapaamaan José Antoniota? kysyin.
- Jos hän vain on paikalla, Pepé vastasi.

Hissi kilahti saapumisen merkiksi ja ovi liukui sivuun. Astuimme eteistilaan ja puimme yllemme valkoiset tutkijantakit. Onneksi kaikki osaston työntekijät eivät edustaneet andalusialaisten keskimittaa, joten löysin itselleni myös omaa kokoani olevan asusteen. Katsahdin peiliin ja tunsin heti itseni tutkijaksi.

Yli-insinöörin pälvikalju paistoi lasikopista, joten menimme koputtamaan varovasti sen oveen. Valkoisen kauluspaidan hiha nousi ylös ja siitä esiin pistävä kämmen viittasi meitä astumaan sisään.

- Huomenta José Antonio, Pepé sanoi sulkiessaan lasiovea takanaan. – Tässä on uusi työntekijämme.

- *Ah, el finlandés! Bienvenido!* José Antonio sanoi ja nousi ylös tuolistaan. Kättelimme. Yli-insinööri oli ainakin päätä lyhyempi minua.

- Kiitos. Voimmeko puhua englantia? kysyin.

- Toki, José Antonio vastasi ja vaihtoi kieltä. - Mikä nimesi olikaan? Lami... Laapi...?

- Lahdenmäki. Kalervo Lahdenmäki.

- Erilainen kuin muistin...ovatko kaikki suomalaiset nimet yhtä hankalia?

Olin jäävi vastaamaan, joten sivuutin kysymyksen. Yli-insinöörikin vaikutti olevan valmis lopettamaan small talkin.

- Pepé lienee jo näyttänyt sinulle työpisteesi. Voit aloittaa tutustumalla piirilevysuunnitelmaan, joka jäi edelliseltä vieraaltamme kesken. Katsot, onko siitä mihinkään vai pitääkö aloittaa alusta. Radiotekniikan kokemuksellasi se käy varmasti nopeasti. Kysyttävää?

Vastasin yli-insinöörin kysyvään katseeseen vähintään yhtä kysyvällä, mutta en saanut muodostettua mitään järkevää lausetta. Lähinnä mietin, kuinka muotoilisin totuuden José Antoniolle niin, että selviäisin tilanteesta mahdollisimman pienin vaurioin. Huijaukseni oli kuitenkin jo niin pitkällä, että vähäisinkin seuraus totuudenpuhumisesta olisi todennäköisesti vankilatuomio. Historiantunneilla koulussa kuulemani tarinat espanjalaisesta inkvisitiosta nousivat väistämättä mieleen. Pyyhkäisin sormellani vaivihkaa ohimolleni tiivistyneen hikikarpalon pois.

- Hyvä. Pepé, voit poistua. Kerron vieraallemme vielä jotakin käytännöistämme.

Pepe nyökkäsi ja poistui tilasta. Yli-insinöörin auktoriteetti vaikutti olevan alaisiinsa nähden varsin kiistaton.

José Antonio kääntyi jälleen katsomaan minua.

- Peitetehtävästäsi ei osastollamme tiedä lisäkseni kukaan muu.

Nyökkäsin, sillä tästä asiasta olin hänen kanssaan täysin samaa mieltä.

- Työskentelet normaalisti muiden kanssa, teet havaintosi ja raportoit, kenelle sinun Suomessa tulee raportoida. Sopiiko?

- Tietenkin, nieleskelin.

- Hyvä. Voit poistua.

Nyökkäsin, kiitin ja poistuin lasikopista. Pepé istui yhdellä työpöydistä ja vinkkasi minut luokseen.

35

- Tässä on työpisteesi, ja tuossa paperipinossa ovat edeltäjäsi piirilevysuunnitelmat, joihin José Antonio viittasi.

- Hienoa, katson ne saman tien, vastasin. Pepé sanoi palaavansa luokseni kahviaikaan ja lähti juttelemaan seuraavan kollegansa kanssa. Villaneuleeseen sonnustautunut, silmälasipäinen nuori insinööri ei vaikuttanut kiusaantuneelta työnsä keskeytymisestä, vaan alkoi heti innokkaasti vaihtaa kuulumisia Pepén kanssa.

Selailin aamupäivän ajan muodon vuoksi minulle luovutetun paperipinon käsittämättömiä viivahässäköitä ja tarkkailin samalla kollegojani. Niinhän José Antoniokin oli minua kehottanut tekemään, muistin.

Pepén ja villaneuleinsinöörin lisäksi huoneessa työskenteli pari keski-ikäistä tutkijaa. He eivät sanoneet ensimmäiseen kahvitaukoon mennessä kenellekään sanaakaan, mikä ei vastannut mielikuvaani puheliaista espanjalaisista. Ehkä insinööriys ylitti kansallisuus- ja kulttuurirajat?

Edellispäivän vastaanottajani Juanin pöydällä lojui muutama kirja, mutta itse Juanista ei näkynyt merkkiäkään. Kysyin asiasta Pepéltä matkallamme alakerran kahviautomaatille.

- Juan opiskelee vielä. Yleensä hän on täällä parina päivänä viikosta, muun ajan hän viettää koulullaan.

- Mitä koulua hän käyään? kysyin.

- Sevillan teknillistä yliopistoa, Pepé vastasi samalla, kun hissi saapui alakertaan ja sen ovet aukesivat.

Kahviautomaatilla kävi melkoinen meteli. Tehtaan kymmenet työntekijät hekottelivat, huudahtelivat ja taputtelivat toisiaan pienissä ryhmissä, aivan kuin eivät olisi kuulleet toisistaan viikkokausiin. Pepé purjehti sulavasti ryhmästä toiseen vaihtamassa sanan siellä, toisen täällä. Muut tuotekehitysosastomme valkotakkiset työntekijät sen sijaan pysyttelivät omassa ryhmässään. Panin merkille, että tehtaan muun väen työtakit olivat sinisiä. Takinväri toimi siis jonkinlaisena kastimerkkinä, vaikkemme Intiassa olleetkaan. Pepé ei selvästikään välittänyt kastilaitoksesta, vaan sukkuloi valkoisena pisteenä sinisessä meressä koko tauon ajan.

Automaatin muovimukiin purskaisema kahvi itsessään oli tummapaahtoista ja varsin hapokasta, mutta sen sekaan sivupöydän lasipurkista lusikoimani maitojauhe paransi hiukan sen juotavuutta.

Varsinaista lounastaukoa tehtaalla ei siis ollut. Iltapäivän katkaisi toinen samanlainen, oranssin kahviautomaatin ympärillä kello yhden aikaan vietetty kaoottinen keskustelutuokio. Ja kello 15 koitti odottamani vapaus.

- Mitä pidit virtapiiriluonnoksista? Pepé kysyi ajellessamme Volvolla ohti El Porvenirin asuntoani. Valitsin vastaukseeni umpimähkään joitakin adjektiiveja ja toivoin, että ne sopisivat edes jotenkin Pepélle tuttuun teknologiatermistöön. Sanani tuntuivat menevän täydestä, tai sitten Pepé ei vain kiinnittänyt niihin mitään huomiota. Hän oli juuri saanut käärittyä itselleen uuden sätkän ja sytytteli sitä suupielessään. Tuttu, makea tuoksu täytti pian auton, ja Pepén ajotyyli muuttui entistä leppoisammaksi.

Asuntoni kohdalla nousin Volvosta ja hyvästelin raukean kuskini. Totesin, että aamun pimeys ja viileys olivat vaihtuneet reilun parinkymmenen asteen kirkkaaseen auringonpaisteeseen. Päätin siksi lähteä tutustumaan lähellä sijaitsevaan Parque de María Luisan puistoon, josta olin kuullut jo paljon. Avasin lukitun ulko-oven ja nousin rappuset huoneeseeni hakemaan eilen parturilta saamaani, suomalaista sanomalehteä mukaani.

Vuokraemäntäni oli varmaankin huoneen lämpiämistä ennakoiden sulkenut sen puiset ikkunankaihtimet, joten huoneessa oli yllättävän hämärää. Nostaessani lehden käteeni sen välistä putosi lattialle käsin kirjoitettu, jonkinlaisen muistivihkon sivu. Erotin siinä käsin kirjoitetun tekstin lisäksi myös piirroksen, jossa jonkinlaisen petoeläimen pää oli yhdistetty miekantapaiseen varteen. Itse teksti oli vaikeaselkoista paitsi käsialan, myös espanjankielisen sisältönsä puolesta, joten päätin näyttää sitäkin myöhemmin illalla Penalle.

SEITSEMÄN

Suuri valkoinen lintu tepasteli kirkasvärisin mosaiikein koristellulle vesialtaalle. Sen majesteetillinen pyrstö harasi pikkukiviä alleen laahuksen lailla. Altaalla olevat kyyhkyset tekivät itseään kolme kertaa suuremmalle lajitoverilleen tilaa niskojaan nykien.

Parque de María Luisa oli kieltämättä vaikuttava puistoalue. Valurautaiselta penkiltä löytämäni turistiesite tiesi kertoa, että María Luisa Fernanda de Borbón oli leskeksi jäätyään lahjoittanut omistamansa puistoalueet Sevillan kaupungille vuonna 1893, ja Sevillan ensimmäinen kaupunkipuisto oli avattu kaupunkilaisten käyttöön vuonna 1914.

Keskustan tuntumassa oleva alue oli nopeasti noussut kaupunkilaisten suosimaksi ajanviettopaikaksi. Perheitä ilmestyi puistoon piknikille, opiskelijoita lukemaan tentteihinsä ja katumuusikoita soittamaan sekä viihdyttämään ohikulkijoita. Lopulta 40 hehtaarin kokoiseksi paisuneelle alueelle oli sittemmin rakennettu leveitä kulkuväyliä, erilaisia monumentteja ja jopa lampi saarineen riikinkukoille ja muille linnuille.

Hämmästelin palmujen reunustamalla keitaalla musisoivan flamenco-kitaristin uskomattoman vikkelää työskentelyä. Hänen pitkät sormensa liikuivat otelaudan nauhoilla rivakasti ja määrätietoisesti kuin verkkoa kutovan hämähäkin raajat. Nailonkielinen, oranssinruskea kitara oli aavistuksen kapeampi kuin aiemmin näkemäni akustiset kitarat. Tämä yksilö oli lisäksi kovia kokeneen oloinen ja täynnä soittajan pitkistä oikean käden kynsistä syntyneitä naarmuja, mutta sen sointi oli hyvävireinen ja erottuva. Ilman isompaakin orkesteria kaveri omi suihkulähteen nurkan äänimaailman itselleen. Silloin tällöin joku ohikulkijoista pysähtyi häneen eteensä ja etsi katseellaan kitarakoteloa tai jotakin, johon heittää soittajalle kolikkoja, mutta sellaista ei ollut. Soittaja musisoi vain omaksi ilokseen.

Olin jo lähtemässä jatkamaan matkaani, kun viereeni ilmestyi joku ja kosketti kevyesti olkapäätäni.

- Anteeksi, oletko Yhdysvalloista? nuori, farkkutakkinen nainen kysyi minulta englanniksi.

- Valitettavasti olen Suomesta, vastasin kavahtaen yllättävää kosketusta. Lapsena oppimani tervehtimissäännöt – kavereille muutaman metrin etäisyydeltä suoritettu leuan nykäisy kevyesti ylöspäin, sukulaisille ja muulle vanhemmalle väelle hiukan kunnioittavammin alaspäin – istuivat edelleen tiukassa.

- Onko Suomi niin paha paikka? neiti kysyi hämmästyneenä.

- Ei, ei lainkaan. Se on oikein hyvä paikka. Mutta jos etsit maanmiehiäsi, niin en voi valitettavasti auttaa.

- Hah! hän naurahti. – En sen kummemmin etsi heitä, mutta näytit vain niin amerikkalaiselta.

- Kiitos...kai, vastasin.

Neiti tirskahti jälleen.

- Anteeksi, ei ollut tarkoitus häiritä. Olen opiskellut täällä Sevillassa nyt muutaman kuukauden, ja ajattelin, että olisi hauska jutella välillä omalla kielelläni.

- No voin toki yrittää auttaa sinua,...

- Trisha, hän kiirehti esittelemään itsensä. – Hauska tutustua! Mikä sinun nimesi on?

- Kalervo.

- Anteeksi?

Jouduin toistamaan nimeni useamman kerran, kun Trisha yritti saada kiinni suomalaisen nimen äänneasusta. Hyvinhoidetut hampaat välähtivät näkyviin monta kertaa, ja pisamanaamainen neiti siveli polkkatukkaansa usein, muka epätoivoisena ääntämisyrityksistään.

Trisha kertoi olevansa kotoisin Connecticutista ja asuvansa siellä lähellä Bostonia.

- *Cheers!* Trisha huudahti, enkä ymmärtänyt, miksi.

- Se on se TV-sarja; sen nimi on "Cheers!". Täytyy sinun tietää se, se on niin hauska! Sitä kuvataan Bostonissa.

Pudistelin päätäni; Suomen televisiossa näytetyistä jenkkisarjoista mieleeni eivät tulleet kuin Hill Street Blues ja Dallas. Trisha totesi, että ne olivat kyllä aika kaukana Bostonista. Dallas oli Texasissa, ja Hill Street Bluesia kuvattiin kuulemma Los Angelesissa ja Chicagossa. Sanoin, että kyllä nekin silti aina Rintamäkeläiset voittivat. Oli Trishan vuoro katsoa minua kummeksuen. Yritin ylittää välillemme pikavauhtia rakentumaan ryhtynyttä kulttuurimuuria kertomalla, että tiesin kyllä erään, joka oli kotoisin Connecticutista.

- Niinkö? Kuka hän on? Trisha ilahtui.

- Jerry Cotton!

Trisha oli jälleen pelkkä kysymysmerkki.

- Hän on, tuota, G-mies. Siis FBI:n agentti... yritin kakistella, mutta ymmärsin nopeasti, ettei tämä saksalaisen viihdekustantamon luomus ollut eurooppalaisesta suosiostaan huolimatta koskaan rantautunut Yhdysvaltoihin. Mauri "Moog" Konttisen nerokas laulunsanoituskaan ei mielessäni kääntynyt mitenkään luontevasti englanniksi, ja jäin aukomaan suutani kuin vastapilkitty ahven. Onneksi Trishaa kömpelö keskusteluyritykseni tuntui vain huvittavan.

Vaihdoimme puheenaihetta. Trisha kertoi opiskelevansa tämän vuoden Sevillan yliopistossa kieliä, joka oli omiaan herättämään kiinnostukseni. Käsitykseni mukaan amerikkalaiset kun harvemmin kuvittelivat tarvitsevansa muita kieliä kuin omaansa. Oli virkistävää tavata iloinen, hyvällä kielipäällä ja kauniilla hymyllä varustettu neiti keskellä tätä outoa ympäristöä, johon minut oli tipautettu.

Suomesta Trishalla ei ollut juuri käsitystä, ja mielelänihän minä häntä tämän suhteen autoin. Päädyimme lopulta juttelemaan niin pitkään, että huomasin minulla olevan jo kiire lähteä tapaamaan Penaa eiliseen ravintolaan.

- Ehkä tapaamme täällä uudestaan, sanoin Trishalle.

- Se olisi mukavaa, tämä vastasi hymyillen, asetti korvalappustereoidensa kuulokkeet korvilleen, painoi kasettisoittimen play-nappulaa ja lähti keinahtelemaan musiikin rytmissä kohti puiston pohjoista uloskäyntiä ja yliopiston kirjastoa, jonne hän kohdatessamme oli ollut matkalla.

Vatsanpohjassani kipristi kummallisesti kiiruhtaessani puiston leveää, sorapäällysteistä käytävää länteen kohti ravintolaa, joka rannekelloni mukaan oli juuri avannut ovensa illallisasiakkaille. Toppuuttelin mielikuvitustani selittämällä itselleni tuntemuksen johtuvan luonnollisesti nälästä.

Puolijuoksuakin taitettuna matka ravintolalle kesti parikymmentä minuuttia. Pena oli jo tilannut annoksensa, kun pääsin paikalle. Lautasella näkyi olevan jotakin leivitettyä.

Pyysin tarjoilijalta itselleni samanlaisen annoksen sekä tyhjää paperia ja levitin Sevillan parturilta saamani lehden pöydälle.

- No niin, tästä pitäisi siis kääntää olennaisimmat sille hiustenleikkaajalle.

- Katsotaanpa sitten, Pena sanoi ja alkoi lukea artikkelia. Ojensin hänelle kynän, jolla hän kirjoitti jutun pääkohtia tarjoilijan tuomalle paperille. Jutussa silloin 60-vuotias parturimme kertoi ammatistaan, liikkeensä pitkästä historiasta ja hänen sen mukaan saamastaan maineesta "todellisena Sevillan parturina"; jonka jälkeen toimittaja valotti lukijalle Sevillan parturi –oopperan taustoja.

Hetken kuluttua Pena keskeytti puuhansa kulmakarvaansa kohottaen.

- Kappas, parturimme on tavannut aiemminkin suomalaisia.

- Miten niin, kysyin?

- Tässä sanotaan, että hän kertoi toimittajalle osaavansa yhden suomenkielisen sanan.

- Mikä se oli? Tai anna, kun arvaan: joku turisteilta opittu kirosana?

- No niin luulisi, mutta tämän mukaan se oli "karhu".

- Karhu? toistin ymmälläni.

- Jutun mukaan hän äänsi sen oikein hienosti, sanoi Pena ja käänsi lauseen paperille. Sitten hän ojensi selkänsä suoraksi.

- Eiköhän tässä ole nyt pääkohdat jutusta.

- Hieno homma, kiitos!

Sitten muistin lehden välistä pudonneen muistivihon sivun.

- Ai niin, lehden välissä oli myös tällainen. Saatko selvää, mitä siihen on kirjoitettu?

Pena otti lapun ja alkoi tihrustaa sen käsin kirjoitettua tekstiä.

- Tässä on jotakin laskelmia... *"75kg de oro por caja"*... eli 75kg kultaa per laatikko...

- Kultaa?

- Niin...sata laatikkoa kultaa on pitänyt siirtää jonnekin...
tässä puhutaan venäläisistä laivoista... varastohalleista...
tuossa on päivämäärä: Cartagena, 25. lokakuuta 1936...

-1936? Siis ennen sotia?

- Jep... ja hei, katsopas tätä!

Pena osoitti innoissaan sivun alareunaan, käsin piirretyn
eläinsymbolin viereen tehtyä merkintää. Siinä luki lyhyesti,
mutta selvällä suomen kielellä: "Osasto Karhu".

KAHDEKSAN

Maltoin tuskin odottaa seuraavan työpäivän päättymistä. Sain todella keskittyä, ettei kukaan päässyt vaivihkaa tiedostelemaan työni edistymisestä, mutta ilmeisesti minulle oli päätetty antaa ainakin pari päivää aikaa tutustua pöydälläni lojuviin virtapiirihahmotelmiin. Uteliaat kollegat oli sitä paitsi helppo harhauttaa pikku kysymyksillä kertomaan omista projekteistaan. Osastossa oli kehitteillä sähkönsiirtoverkkoa tiedonsiirtoon käyttävän, sähkömittareiden etäluennan järjestelmä, ja kukin tutkijoista valmisteli omia osuuksiaan siitä. Vaikken heidän selityksistään juurikaan ymmärtänyt, ääneen ajatteleminen auttoi ilmeisesti heitä näkemään projektinsa haasteet uudessa valossa. Jopa hiljaisina pitämäni tutkijakaksikkokin avasi minulle mielellään toimenkuviaan.

Vihdoin työpäivä oli ohi, ja sain pyydettyä Pepéltä kyydin keskustaan. Ravintolan suljettua edellisiltana ovensa olimme sopineet, että Pena jatkaisi kertomustaan edellisvuosiensa seikkailuista Väli-Amerikassa tänään, mutta ensin kävisimme juttamassa iäkästä parturiamme.

Autokyydin ansiosta saavuin parturiliikkeen ovelle ensimmäisenä, ja odottelin sekä Penaa että edellisen asiakkaan hiustenleikkuun loppumista sen ulkopuolella. Aurinko paistoi taas kirkkaasti, ja varhaisaamun muutamasta asteesta lämpö oli jälleen kivunnut reilusti yli kahdenkymmenen. Pena hölkkäsi kohta paikalle, ja aiemman asiakkaan poistuttua menimme sisään liikkeeseen. Vanha mies tunnisti minut heti.

- Toit minulle uuden asiakkaan? Hienoa!

- Tuota..., aloitin, mutta Pena jatkoi hövelisti espanjaksi:

- Juuri niin! Jos on tilaisuus käyttää todellisen Sevillan parturin palveluja, niin sehän pitää käyttää!

Parturi vaikutti tyytyväiseltä saamastaan huomionosoituksesta. Pena istui hänelle osoitettuun, punaiseen nahkatuoliin. Parturi laittoi hänen rinnalleen pyyhkeen, otti saksensa ja aloitti urakkansa. Tässä liikkeessä ilmeisesti tiedettiin, mitä asiakas haluaa ilman erillistä tiedustelua.

Otin tuomani sanomalehden ja Penan käännökset sisältävän paperin esille. Koska kääntäjä itse olikin paikalla, annoin hänen tehdä referaatin kirjotuksesta parturille itse.

Vanha mies klipsutteli, kuunteli ja kyseli joitain tarkentavia kysymyksiä artikkelista. Kun sekä aihe että Penan kuontalo vaikuttivat olevan läpi kaluttuja, kysyin häneltä englanniksi:

- Mistä opit sanan "karhu"?

Parturi seisahtui ja mietti hetken, ennen kuin vastasi hymyillen.

- Ehkä joltakin asiakkaaltani. Sana kuulosti varmaankin hauskalta. Karhu. Karrr-hu, parturi pärisytti sanaa.

Otin lehden välistä pudonneen muistivihon sivun esille.

- Entä tämä "Osasto Karhu" sitten? Onko tämä sinun kirjoitustasi?

Parturin hymy katosi. Tulkitsin vaikenemisen myöntäväksi vastaukseksi jälkimmäiseen kysymykseeni. Odottaessamme vastausta ensimmäiseen ukko otti sivupöydältä käteensä terävän näköisen partaveitsen.

- Ulos täältä, hän mutisi hiljaa. Pena nousi parturintuolilta, ja parturoitsija kääntyi osoittamaan veitsellään häntä.

- Heti! Kiukkuinen huuto kasvatti jalat allemme ja ahtauduimme yhtä aikaa ulos ovesta.

Spurttasimme parin korttelin verran, ennen kuin tajusimme, ettei vihainen Sevillan parturi pystynyt klenkkaamiseltaan mitenkään seuraamaan meitä.

- Hullu! Pena huohotti seinään nojaten.

- Mistä hän nyt noin pillastui? mietin puolestani. – Nehän olivat lähes 50 vuotta vanhoja kirjoituksia?

- En tiedä, mutta enpä taida mennä ottamaan selvää. Jotain niissä täytyy olla...näytätkö vielä sitä paperia?

Ojensin Penalle yhä kädessäni pitämäni muistivihkosivun. Hän tutkaili sitä hetken, ennen kuin hänen ilmeensä kirkastui.

- Haa! Nyt keksin sen!

- Minkä? utelin.

- No sen, miksi tähän piirretty eläimenpää-miekka-symboli näytti niin tutulta.

- Oletko muka nähnyt sen aiemmin?

- Olen, olen! Ja sinäkin olet!

- Missä? Kerro nyt jo herran tähden!

- No vaikka hihassa! Auton kyljessä! Tai putkan ovessa!

En vieläkään keksinyt, mitä Pena ajoi takaa, joten hän latasi oivalluksensa ilmoille:

- Katso nyt, sehän on Suomen Poliisin virallinen tunnus: miekan terä, kahvanaan kruunupäinen leijona!

Toden totta. Kuva oli piirretty kymmeniä vuosia sitten, mutta muistutti selvästi taiteilija Antti Salmenlinnan jo vuonna 1936 Suomen Poliisille suunnittelemaa logoa. Tässä tapauksessa hyvin suunniteltu oli paitsi puoliksi tehty, myös edelleen käytössä. Paperinpalan Suomeen liittävä mysteeri senkuin paisui. Sain ajatuksen.

- Cartagena, 1936, kulta, venäläiset alukset, poliisi... löytyisiköhän noilla sanoilla aiheesta lisätietoja vaikkapa yliopiston kirjastosta?

- No mahdollisesti, mutta mistä sellaisen kirjaston löytää? Saati tuon tiedon sieltä kirjastosta?

- En tiedä, vastasin totuudenmukaisesti. – Mutta tiedän, kuka tietää.

YHDEKSÄN

Itsevarmuuteni perustui puhtaaseen arvaukseen. Kävellessämme María Luisan puistoon kerroin Penalle edellispäivän törmäämisestäni kieliä opiskelevaan amerikkalaisneitiin. Hän varmasti tietäisi sekä kirjaston sijainnin että tavan etsiä sieltä tietoa.

- Ja hänkö on nyt täällä puistossa? Pena tiedusteli,

- Toivottavasti. Meillä oli puhetta, että voisimme nähdä täällä uudestaan.

- Ai tänään?

- Ei, vaan ylipäätään.

- No voi hyvät hyssykät. Odotat siis, että törmäät puolen miljoonan asukkaan kaupungissa samaan henkilöön kahtena peräkkäisenä päivänä?

- No voi kai sen niinkin ilmaista, jouduin myöntämään Penalle suunnitelmani heikohkot perustelut.

Penan pyöritellessä silmiään minä haravoin katseellani Plaza de Américan aukiota, jolla olimme Trishan kanssa eilen aikaamme viettäneet. Ja kerrankin tähdet, vakoilusatelliitit ja muut taivaankappaleet olivat oikeassa asennossa.

- Tuolla! huudahdin Penalle ja osoitin valurautaista puistonpenkkiä arkeologisen museon edustalla. Siellä farkkutakkinen amerikkalaisneiti todellakin istui, keskittyneenä kirjaan kädessään. Tunsin pulssini nopeutuvan, kun lähestyimme häntä.

- Hei Trisha!

Trisha nosti katseensa kirjastaan ja heläytti jälleen leveän hymyn.

- No hei, muukalainen! Tapaamme siis jälleen!

- Aivan. Tässä on Pena, olemme vanhoja ystäviä ja soittokavereita vuosien takaa. Törmäsin häneenkin aivan sattumalta eilen.

- No onpa erikoista! Hei, olen Trisha.

Pena kätteli Trishaa ja alkoi heti kysellä tämän lukemasta kirjasta. Anthony Giddens ja hänen teoksensa *"The Constitution of Society"* sanoivat Penalle todennäköisesti yhtä vähän kuin minulle, mutta katselin kadehtien, kuinka tämä maailmanmies otti tilanteen välittömästi haltuunsa. Sitten muistin tehtävämme.

- Trisha, sinähän tunnet yliopiston kirjaston?

- Vietän siellä kyllä paljon aikaa. Miten niin?

- Meidän pitäisi selvittää yksi juttu sota-aikaan liittyen, ja arvelen, että kirjastosta saattaisi löytyä tarvitsemaamme tietoa.

- No jos teillä on aikaa, niin mennään heti käymään siellä. Sinne ei ole tästä pitkä matka.

- Eihän meillä muuta olekaan kuin aikaa, vastasin tyytyväisenä. Trisha laittoi Giddensin opuksen korvalappustereoidensa seuraksi olkalaukkuunsa ja lähti opastamaan meitä kohti kaipaamaamme kirja-arkistoa.

Yliopiston rakennuksia oli siroteltu ympäri Sevillaa. Maantieteen ja historian laitoksen kirjasto sijaitsi valkoisessa, linnamaisessa rakennuksessa Doña María de Padilla –kadulla.

Talo oli valtava, ja ilman Trishan paikallistuntemusta vierailustamme ei olisi tullut mitään. Kävelymatkan ajan olimme jutelleet niitä näitä, mutta nyt oli aika keskittyä itse tehtävään.

- Mitä tietoa siis etsitte? Trisha kysyi.

- Jotakin siitä, mitä kullan kuljettamiseen liittyvää on tapahtunut Cartagenassa vuonna 1936.

- Oho, kuulostaa mielenkiintoiselta!

Kirjastovirkailijakin vaikutti tyytyväiseltä saadessaan jotakin ajankulua iltapäiväänsä, ja auttoi meitä mielellään Espanjan sisällissodan vuosiin liittyvän dokumentaation pariin.

Vuoden 1936 tapahtumista löytyi kosolti kirjoja ja yhteen koottuja artikkeleita, sekä espanjaksi että englanniksi. Trishasta oli opintojensa aikana kehittynyt tehokas tiedonhakija, ja löysimme niistä nopeasti Espanjan merivoimien 200-vuotista tukikohtaa, Cartagenan kaupungin satamaa, koskevan materiaalin.

Opimme, että Francon 35-vuotiseen diktatuuriin lopulta johtaneen Espanjan sisällissodan aikaan, vuosina 1936-1939, Cartagena oli toiminut Espanjan tasavallan sotilassatamana. Meitä kiinnostivat siellä Sevillan parturilta löytämiemme muistiinpanojen vuoksi erityisesti lokakuun 1936 tapahtumat. Kauaa ei tarvinnutkaan etsiä, kun kullan ja tuon ajankohdan syy-yhteys selvisi.

Jos jossakin maassa 1930-luvulla oli valtavasti kultaa, niin Espanjassa. Juuri ennen sisällissodan alkua Espanjan kultavarannot olivat maailman neljänneksi suurimmat. Varannot koostuivat pääosin espanjalaisista ja ulkomaisista kolikoista - varsinaisia kultaharkkoja oli vain 64. Kun valtaa pitäneet republikaanit alkoivat huolestua Francon joukkojen etenemisestä, he päättivät lähettää lokakuussa 1936 salaa neljäsataa tonnia kultaa Cartagenasta "turvalliseen paikkaan".

Siirron laillisuudesta ei olla tänä päivänäkään yhtä mieltä, mutta joka tapauksessa syyskuussa 1936 Espanjan keskuspankin kultavarastot avattiin valtionvarainministeriön määräyksellä, siirrettiin puulaatikoihin ja kuljetettiin kuorma-autoilla Atochan rautatieasemalle, josta lasti jatkoi junalla Cartagenaan. Cartagenan kaupunki valittiin, koska se oli verrattain kaukana sotatoimialueilta, ja sieltä oli mahdollisuus kuljettaa varantoja meriteitse muualle.

Ja näin kävi. 20. lokakuuta Neuvosto-Venäjän sisäasiainkansankomissariaatti NKVD:n - turvallisuuspoliisi KGB:n edeltäjä - silloinen johtaja Espanjassa, Alexander Orlov, sai Stalinilta äkillisen tehtävän järjestää huomattavan kultaerän siirto Neuvostoliittoon. Kulta toimisi maksuna Neuvostoliiton panssarivaunuista, lentokoneista ja muusta aseavusta Espanjan hallinnolle Francon johtamien kapinallisten kukistamiseksi käytävässä sisällissodassa. Espanjan valtiovarainministeriö valvoisi siirtoa. Orlov vastasi toteuttavansa siirron käyttäen juuri Espanjaan saapuneita venäläisiä rahtialuksia Kine, Kursk, Neva ja Volgoles.

Operaatio kullan siirtämiseksi pois maasta alkoi 22. lokakuuta. Neljää venäläistä rahtialusta alettiin yön hämärissä täyttää kullan sisältävillä, 75 kilon painoisilla laatikoilla. Laatikoita oli yhteensä 7900.

Kultaa ladattiin laivoihin kolme yötä, ja 25. lokakuuta alukset lähtivät lasteineen matkalle Odessaan, Neuvostoliiton Mustanmeren satamaan. Lopullinen kuitti osoitti kuitenkin vain 7800 päätyneen Odessaan. Kukaan ei löytämiemme asiakirjojen perusteella tuntunut tietävän, mihin sata laatikkoa oli kadonnut.

- Ohhoh! Onpa ollut aikamoinen varainsiirto! Ei ihme, että venäläisillä riittää rahaa, vaikka nykyinen yhteiskuntajärjestys ei sitä varsinaisesti luo, sanoi Pena. - Tietävätköhän edes nykypäivän espanjalaiset tuosta mitään?

- Ainakin teidän parturinne tietää! Trisha huomautti. – Mutta miten hän liittyy tähän kaikkeen?

- Ja miten "Osasto Karhu" ja Suomen Poliisi tähän liittyvät? mietin.

- Vastausta ei välttämättä löydy Sevillan yliopiston kirjastosta, Pena huomautti.

- Totta, myönsin. - Täytyy varmaan uskaltautua huomenna uudestaan parturiin. Partaveitsestä välittämättä.

KYMMENEN

Neljäs työpäiväni Landis&Gyrin kilowattituntimittari-tehtaalla alkoi jo vakiintuneella kaavalla. Siirtelin virtapiirikuvia pöydälläni miettiväisen näköisenä ja olin tekevinäni niihin merkintöjä. Välillä keskustelin 70-luvun progressiivisesta musiikista pöytäni viereen pysähtyneen Pepén kanssa. Oli perjantai, ja koko osasto valmistautui ajatuksissaan jo tulevan viikonlopun viettoon.

Ehdin jo onnitella itseäni ensimmäisen viikon onnistuneesta läpiluovimisesta, kun tilanne puolen päivän aikaan äkisti muuttui. Yleensä lasikopissaan pysyttelevä José Antonio ilmestyi yhtäkkiä pöytäni ääreen ja kehotti minua tulemaan toimistoonsa. Hänen ilmeensä oli vakava, joskaan ei sinällään muista päivistä poikkeava. Marssin pientä hermostusta vatsassani tuntien yli-insinöörin perässä hänen toimistoonsa.

Suljettuani oven José Antonio pyysi minua istumaan. Sitten hän rykäisi kurkkuaan.

- Sain juuri puhelinsoiton Suomesta. Se oli johtaja Mu.. muni...

- Muinonen, autoin.

- Aivan, kiitos. Hän kertoi, että herra Lampinen, jonka piti tulla tänne tutustumaan yritykseemme mahdollista yrityskauppaa varten, on menehtynyt auto-onnettomuudessa. Suomessa.

- Ikävä kuulla, mutisin.

- Kiitos... ei, vaan siis mitä? José Antonio sulki silmänsä ja ravisti päätään vihaisesti.

- Jos herra Lampinen on kuollut, niin kuka helvetti te sitten olette?

Mietin millisekunnin.

- Voin selittää tämän kyllä. Odottakaa hetki, niin haen tarvittavan dokumentin pöydältäni.

Odottamatta José Antonion vastausta nousin ylös ja ampaisin pois lasikaapista. Käytävällä näin Pepén, osoitin sormellani hissiä ja sihautin hänelle:

- Äkkiä hissille, *por favor*! Selitän kohta!

Pepé jätti kahvimukinsa pöydälleen ja riensi perääni. Hissin tulo tuntui kestävän ikuisuuden, mutta viimein työnnyimme siihen ja painoin alakertaan vievää nappulaa. Oven sulkeutuessa ehdin nähdä, kuinka hämmentyneen oloinen José Antonio ilmestyi koppinsa ovelle ja kurkki eri puolille avokonttoria.

Pepé oli ilmeisesti tottunut kummallisiin juonenkäänteisiin, koska ei kysellyt sen enempiä, vaan ulos päästyämme starttasi heti Volvonsa. Onneksi hän ei myöskään polttanut työpäivän aikana samoja aineita kuin iltaisin, joten tällä kertaa pääsimme myös rivakasti liikkeelle.

- Minne ajetaan? Pepé kysyi.

Koska en muutakaan keksinyt, pyysin Pepéä ajamaan Sevillan parturin luokse.

- Selvä. Haluatko kertoa, mitä José Antonion kanssa tapahtui?

- En oikeastaan.

- Ok.

Matkalla mietin, mitä minun pitäisi tehdä. Muinonen Jyväskylässä oli jo varmaan kirjoittanut irtisanomispaperini valmiiksi, joten Suomeen minulla ei olisi mitään kiirettä. Penan kielitaidon avulla pärjäisin kyllä täälläkin jonkin aikaa. Enkä mielelläni jättäisi Trishaakaan, johon olin vasta alkanut tutustua.

Ja olihan meillä tämä "Osasto Karhu" –asiakin selvitettävänä. Pepé vanhana basistina varmasti auttaisi minua pysymään Landis&Gyrin tutkan alla.

- Pepé? sanoin.

- Niin?

- En taida enää jatkaa teillä töissä.

- No sepä harmi, etkö viihtynyt?

- Kyllä, kyllä, mutta nyt vain en voi jatkaa. Sen sijaan minun täytyy selvittää parturiltamme eräs asia, ja toivoisin siinä apuasi. Koska olet paikallisia ja puhut kieltä.

- Autan toki, jos voin. Mitä pitäisi tehdä?

Kerroin Pepélle löytämästäni muistikirjaotteesta vuodelta 1936, sekä edellisiltaisen kirjastovierailumme siihen tuottamasta taustatiedosta. Pepé kuunteli tarkasti.

- Ja nyt haluat tietää, mikä "Osatukaru"...

- Osasto Karhu, korjasin.

- Oli mikä oli; mutta että mikä se on?

- Juuri niin.

- No mennäänpä sitten kysymään, Pepé sanoi ja pysäköi Volvon parturiliikkeen eteen.

- Kannattaa olla varovainen, hän taisi eilen vähän suuttua minulle.

Pepé vilkaisi minua kummastuneena, mutta paineli sisään liikkeeseen, jossa ei tällä kertaa muita asiakkaita ollut. Parturi vastasi ensin iloisesti Pepén tervehdykseen, mutta hiljeni nähdessään minut.

- Mitä haluatte? hän kysyi epäluuloisena.

Pepé otti maanmiehenä ohjat haltuunsa ja selitti nopeasti, että halusin suomalaisena vain tietää, mitä papereissa mainittu suomenkielinen termi "Osasto Karhu" oikein tarkoitti.

Parturi mietti hetken, huokaisi ja sanoi sitten, että Suomessa toimi sotien aikaan Suojelupoliisin salainen, suoran toiminnan yksikkö nimeltään Osasto Karhu. Sen jäseniä koulutettiin toimimaan ulkomailla, ja tehtäviin kuului paitsi vakoilua ja vaikuttamista, myös suoranaista sabotaasia, ehkä tappamistakin. Aloin tosissani uskoa parturin seonneen.

Parturi vannoi kuitenkin puhuvansa totta. Olihan hänellä ollut viitisenkymmentä vuotta aikaa selvitellä asioita. Osasto Karhun toiminta tähtäsi kuulemma venäläisten todennäköiseen hyökkäykseen Suomeen vastaamiseen aivan uusilla ja ennennäkemättömän vaikutuksellisilla keinoilla.

- Jos tämä olisikin totta, niin miten tämä liittyi Espanjaan vuonna 1936? tivasin, ja Pepé käänsi parhaansa mukaan sekä kysymykseni espanjaksi että parturin antaman vastauksen englanniksi.

- Pieni Osasto Karhun ryhmä oli vuonna 1936 Cartagenassa vakoilemassa venäläisten toimia. He saivat selville näiden aikeet lastata aluksiinsa espanjalaista kultaa.

Kieliä ja tiedustelua opiskelleille erikoisjoukoille tämä ei varmaan tuottaisi vaikeuksia, ajattelin.

- Vai niin. Entä mitä he sitten tekivät?

- He onnistuivat varastamaan lastaamista odottavasta kultalastista osan itselleen.

- Kysy häneltä, kuinka paljon, sanoin Pepélle, vaikka ounastelin jo vastauksen. Kohta Pepé käänsikin:

- Sata laatikkoa.

Juttu kuulosti yhä mielettömältä, mutta yksityiskohdat sopivat toisiinsa.

- Minkä kokoisia nämä laatikot olivat? kysyin vielä.

- 75 kiloa kappale, kuului parturin käännetty vastaus.
- Mistä tiedät?
- Olin lastaamassa niitä itse.

Ovikello kilkahti ja katkaisi parturin paljastuksen aiheuttaman hiljaisuuden. Tulija oli Pena, joka arvasi heti jotakin tapahtuneen.

- Anna kun arvaan; parturimme on vahingossa leikannut tältä Pedrolta tämän vaivalla kasvatetut viikset pois?
- No lähestulkoon. Saimme juuri selville, mikä on Osasto Karhu. Ja tämä on muuten kollegani Pepé, ei Pedro.

Suoritin pikaiset esittelyt, jonka yhteydessä Sevillan parturi, Pepé ja Pena kättelivät kaikki toisiaan. Sitten kertasin Penalle, mitä olimme Suomen Suojelupoliisin erikoisyksiköstä parturilta kuulleet.

- No jopas on juttu! Miksei tämä Karhukopla ole koskaan, vaikkapa koulun historian tunneilla tullut esiin?
- Ehkä siitä on YYA-hengessä haluttu pysyä vaiti, arvelin.
- Ja jos he ovat tosiaan varastaneet 7500 kiloa Neuvostoliittoon matkalla ollutta kultaa, sillä ei ole ollut viisasta leuhkia.
- Vähemmästäkin on Siperian-matkoja voitettu. Mutta tuo on kyllä hirmuinen määrä arvometallia. Ei menisi ihan käsimatkatavarana lentokoneessa.
- Tuon ajan agentit ovat liikkuneet varmaan junilla ja laivoilla. Vai kertoiko parturimme jo itse, miten ja minne kulta kuljetettiin? Pena kysyi.
- Ei ehditty vielä kysyä, vastasin.

Pena kääntyi katsomaan vanhaa miestä, joka oli seurannut suomenkielistä keskusteluamme kulmat kurtussa.

- *Adónde trasportaron el oro? Y cómo?*

Parturi mietti hetken. Olankohautuksesta päätellen hän tuli sitten tulokseen, että oli sama kertoa meille kaikki.

Parturimme Adulfo oli hyvin nuorena poikana värväytynyt monien ikätovereidensa tavoin laivaston leipiin. Cartagenassa, joka toimi Espanjan laivastoasemana, se oli jopa hyvin todennäköinen tapa päästä työn ja leivän syrjään kiinni.

16-vuotiaan matruusin ensimmäisiä työtehtäviä oli ollut avustaa salaisessa operaatiossa, jossa satamaan saapuneisiin neuvostoliittolaisaluksiin siirrettiin yön pimeinä tunteina tuhansien kilojen painosta tavaraa. Tavaran laatu oli selvinnyt Adulfolle vasta paljon myöhemmin.

Lastaus oli kestänyt lähes kolme yötä. Adulfo oli saanut esimieheltään tehtävän käydä ilmoittamassa Volgoles-nimisen laivan kapteenille, kun muissa laivoissa oltiin valmiita. Saatuaan kuittaukset kolmelta muulta laivalta nuori mies oli juossut tekemään pyydetyn ilmoituksen.

Volgolesin viereisellä laiturilla oli ollut viimeisen laatikon siirto laivaan menossa, kun Adulfo saapui. Hän oli tehnyt pyydetyn ilmoituksen kapteenin lakki päässään olevalle miehelle ja ajatellut tehtävän olevan ohi. Laatikkoa siirtänyt matruusi oli kuitenkin osoittanut varastohalliin ja kysynyt jotain, jonka seurauksena kapteenilakkinen mies oli vetänyt esiin pistoolin ja ampunut sillä matruusia. Tämä oli pudonnut laivan ja laiturin välistä mereen ääntäkään päästämättä.

Kapteenilakkinen oli sitten kääntänyt aseensa Adulfoa kohti. Adulfo oli jo ajatellut loppunsa koittaneen, kun tämä oli sanonut hänelle murteellisella espanjalla jotakin. Mies oli korottanut ääntään, ja Adulfo oli yhtäkkiä käsittänyt miehen käskevän häntä juoksemaan pois. Adulfo oli pinkonut laiturilta satamarakennusten suojaan niin nopeasti kuin pystyi, koko ajan peläten selkäänsä iskeytyvää luotia.

Varastohallin nurkan taakse päästyään Adulfo oli pysähtynyt huohottamaan hetkeksi ja vilkaissut, seurasiko mies häntä. Hän näki miehen kuitenkin nakkaavan lakkinsa mereen ja kävelevän lähimpään varastoon; samaan, johon hänen ampumansa matruusi oli aiemmin osoittanut.

Uteliaisuus oli voittanut pelon, ja Adulfo oli hiipinyt rakennusten varjoissa katsomaan, mihin mies oli mennyt. Varastohallin ovelta hän näki, kuinka ampujan lisäksi kaksi muuta miestä peitteli pressuilla kasaa samanlaisia laatikoita, joita hän oli ollut kolme yötä siirtämässä laivoihin. Adulfon oli onnistunut siirtyä sisälle halliin miesten huomaamatta. Miehet puhuivat keskenään jotakin sellaista kieltä, jota Adulfo ei ollut aiemmin kuullut. Se oli tasaista, hiukan töksähtelevää ja sisälsi outoja äänteitä. Hän erotti usein sanan "karhu". R-kirjain kuului yhtä voimakkaasti kuin Adulfon oman kielen rautatietä tarkoittavassa *ferrocarríl*-sanassa. Varaston hämärässä valaistuksessa miesten kasvonpiirteet eivät erottuneet, mutta ne vaikuttivat enemmän venäläisiltä kuin arabeilta, vaikkeivät oikeastaan kummaltakaan.

- Nyt, kun näen teidät ja kuuntelen teidän puhettanne, tiedän, että he olivat suomalaisia, parturi sanoi katsoen minua ja Penaa, ennen kuin jatkoi:

- Kun miehet olivat peitelleet laatikkokasan, he siirsivät vielä joitakin hallin esineistä kasan eteen. Sitten minulle tuli kiire piiloutua, sillä miehet siirtyivät editseni ulos hallista ja lukitsivat sen oven.

Pena tulkkasi Adulfon kertomusta minulle sitä mukaa, kun se eteni. Pepé kuunteli tarinaa silmät levällään.

- Onko kultalasti edelleen Cartagenassa? hän kysyi.

- Tapahtuneesta on jo viisikymmentä vuotta, tuskinpa, Pena naurahti ja viittasi parturia jatkamaan.

Lukittuun halliin jäätyään Adulfo kertoi etsineensä käsiinsä sorkkaraudan, raivanneensa tiensä pressun peittämälle laatikkokasalle ja vääntäneensä auki yhden laatikoista. Sen sisältä oli paljastunut Espanjan keskuspankin sinetöimiä pusseja erikokoisia ja –arvoisia kolikoita ja muita esineitä, joita yhdistäväksi tekijäksi Adulfo oli pian huomannut kullan. Peitetyssä, pari metriä korkeassa ja viitisen metriä leveässä pinossa täytyi olla noin sata laatikkoa täynnä kultaa. Adulfo oli päättänyt odottaa ja katsoa, mitä laatikoille tapahtuisi. Odottaessaan hän oli tehnyt pieneen muistivihkoonsa merkintöjä, joista osa oli nyt, puoli vuosisataa myöhemmin, päätynyt minun silmiini.

Hallin sisältä Adulfo kuuli, kuinka seuraavan kahden tunnin aikana kaikki neljä venäläisalusta irrottautuivat laituripoijuistaan ja aloittivat matkansa kohti Odessaa. Aamun sarastaessa satamassa oli jo täysin hiljaista.

- Mitä sitten tapahtui? kysyin malttamattomana.

Parturi kertoi, että jossakin vaiheessa ovi avattiin ja sisään ajoi pieni avolava-auto. Autossa olleet kaksi miestä kävivät nostamassa yhden laatikoista kyytiinsä. Siinä välissä Adulfo oli pujahtanut ulos rakennuksesta ja nähnyt ulkopuolelta, kuinka miehet olivat jälleen sulkeneet hallin oven ja ajaneet lasteineen pois.

- Vain yhden laatikon? Mitä lopuille tapahtui? kysyin käännöksen kuultuani.

- En tiedä, parturi vastasi olkiaan kohauttaen. – Sitä minulta kysyivät myös venäläiset agentit vuonna 1944. He olivat jotenkin selvittäneet, että olin tapahtumapaikalla, ja aika vihaisia sadan laatikon katoamisesta.

Parturi vaikeni hetkeksi ja käänsi katseensa jalkaansa. Saatoimme päätellä, mistä hänen ontumisensa juonsi juurensa.

- Se ei ollut kovin miellyttävä tapaaminen. Sen jälkeen vaihdoin sukunimeni, muutin tänne Sevillaan ja ryhdyin parturiksi.

Vanhaa miestä oli turha kiusata enemmillä muistoilla.

- 99 laatikollista kultaa odottaa siis ehkä tuolla jossain. Kiinnostaisiko ottaa sijainnista selvää? kysyin englanniksi Penalta ja Pepéltä.

- Mitä luulet? Eihän tässä muutakaan tekemistä ole, Pena vastasi.

- Mitäs sanoisitte automatkasta Cartagenaan? ehdotin Pepéen katsoen.

- Minä ja Volvoni olemme herrasväen käytettävissä, tämä kumarsi.

- Mahtavaa. Laivastoaseman kirjastosta luulisi löytyvän lisätietoja, sanoin.

- Ja seuraavaksi ehdotat, että tarvitsemme mukaan jonkun, joka tuntee espanjalaisten kirjastojen logiikan? Pena virnuili minulle, ajatukseni arvaten.

YKSITOISTA

Löysimme Trishan jälleen helposti, Parque de María Luisan keskeiseltä aukiolta, Plaza Américalta. Oli perjantai-iltapäivä ja lämpötila aurinkoisessa puistossa hipoi jo 25 astetta, joten Trisha oli tullut suoraan koulultaan istuskelemaan puiden varjoon suosikkipaikkaansa, lähelle kyyhkysten kansoittamaa suihkulähdettä. Jo alkuviikosta ihastelemani kitaransoittaja oli saanut seurakseen toisen samanlaisen, ja yhdessä he tikkasivat otelaudoistaan raivoisia flamencomelodioita ohikulkijoiden iloksi.

Uusi muusikko osoittautui kaksikon laulajaksi. Hän parahteli aika ajoin ulos äännejaksoja, joita olisi voinut kuvitella kuulevansa lähinnä minareetin huipulta. Maurien vaikutus Andalusian kansallismusiikkiin oli ilmeinen.

- Huomaatkos, ei haitaria! Pena härnäsi minua.

- No enpä näe täällä rumpaleitakaan, vastasin samalla mitalla.

Samassa muusikoilta löytyi kuitenkin rytmisoitin – heidän omat kämmenensä. He alkoivat taputtaa käsiään vuorotahtiin ja hengästyttävällä nopeudella. Nakutus oli konepistoolintarkkaa, terävää ja yllättävän vangitsevaa. Yhtä äkisti kuin oli alkanutkin, taputus loppui, ja kitaristit jatkoivat kappaletta instrumenteillaan.

Kävelimme Trishan luoksen. Esittelin Pepén, jota hän ei ollut aiemmin tavannut.

– No, kävittekö parturissa? Hiuksenne ovat jo valmiiksi niin lyhyet, ettei niistä voi päätellä mitään, Trisha hymyili.

Kertasimme hänelle lyhyesti Adulfon uskomattomalta tuntuneen tarinan. Trisha kuunteli sitä suu auki.

– Sellainen määrä kultaa, eikä kukaan tiedä, minne se on päätynyt? hän kertasi kuulemaansa.

– Niin, ajattele! Sehän suorastaan huutaa meitä etsimään itsensä! Pena sanoi.

– Niin, että miltä kuulostaisi viikonloppu Cartagenassa? kysyin Trishalta puolestani.

– Öö... kuinka sinne pääsee?

– Pepéllä on auto, johon me kaikki neljä mahdumme. Pepé, kauanko sinne ajaa?

– Kuutisen tuntia, Pepé vastasi.

– Ai, se on niin kaukana. Ehkä on parempi, että lähdemme ajamaan vasta aamulla, mietin ääneen.

– Voimme myös ajaa ensin puoleen väliin, Granadaan, ja jatkaa sieltä sunnuntaiaamuna, Pepé ehdotti. – Minulla on siellä tuttuja, jotka voivat majoittaa meidät.

– Entä ensi yö? Voinko nukkua teillä? kysyin Pepéltä. Enhän tiennyt, oliko minulla enää palaamista vuokra-asuntooni. José Antonio olisi saattanut jo hälyttää poliisit minua etsimään, ja ainakin Juan Paneque tiesi, missä asuin.

– Totta kai, *mi casa es su casa*, Pepé vastasi. Onneksi muut eivät ihmetelleet, miksi en vain mennyt yöksi reilun kilometrin päässä olevaan vuokrahuoneeseeni. En olisi jaksanut selittää heille työmatkani kyseenalaista ja vastikään muuttunutta luonnetta.

- Hieno juttu. Entä Trisha, pääsetkö lähtemään mukaamme? kysyin niin kasuaalisti kuin kykenin.

- Oi, pääsen kyllä! Minun on pitänytkin vierailla Granadassa, siellä on kuulemma maailman romanttisin palatsi, Alhambra!

Peittääkseni punastumiseni kysyin vielä Penalta, sopiko suunnitelma hänellekin.

- Vapaa kuin umpihanki, Pena vastasi suomeksi. Kun katsoin häntä kysyvästi, hän jatkoi:

- Hellaakoskea.

Olisi pitänyt arvata, että Pena siteerasi jotakuta runoilijaa. Saarikoskihan hän oli sukunimeltään ja siitä johtui kutsumanimensäkin.

Trisha sanoi olevansa valmis lähtöön aamukymmeneltä, joten sovimme ajavamme sen eteen silloin. Näin ehtisimme Granadaan lounasaikaan.

KAKSITOISTA

Lauantai-itapäivän siesta oli jo alkanut, kun pääsimme perille Granadaan. Tie sinne mutkitteli osin vuoristossa, ja pudotti keskinopeuden alle seitsemäänkymppiin. Pepén mukaan Sevillan ja Granadan välille oltiin kyllä jo suunnittelemassa moottoritien tapaista, nelikaistaista tietä, joka valmistuessaan nopeuttaisi matkaa merkittävästi. Onneksi nykyiselläkään tiellä ei ollut väkeä ruuhkiksi asti.

Pepén tuttavat asuivat lähellä kaupungin pohjoisosassa sijaitsevaa härkätaisteluareenaa, joten meidän ei tarvinnut ajaa aivan keskustaan saakka. Aurinko valaisi täälläkin sekä valkoiseksi kalkittuja, vanhempia rakennuksia että uudempaa, punatiilistä rakennustaidetta. Katutason ikkunoissa oli niin ikään kalterit, ja siestan ajaksi suljettujen liiketilojen ovien eteen oli vedetty metallisia rulo-ovia.

Huomasin Trishan hieman pettyneen ilmeen. Granadan arkkitehtuuri ei vaikuttanut luovan unohtumattomia, saati romanttisia muistikuvia.

- Missä päin se Alhambra on? kysyin Pepéltä.

- Tästä kolmisen kilometriä kaakkoon. Valitettavasti se on Cartagenan reittiin nähden väärässä suunnassa.

- Voimme kai poiketa siellä, kun tänne asti on tultu? kysyin, ja huomasin Trishan kiitollisen katseen.

- No, miksei. Mutta käydään nyt tapaamassa ystäviäni ja kysytään, jos he lähtevät kanssamme syömään.

Kerrostalokolmiossa asuvat Pepén ystävät osoittautuivat ikäisiksemme, Pepéä lähes parikymmentä vuotta nuoremmiksi opiskelijoiksi. Pepé selvästikin eli pidennettyä rock-basistin nuoruutta, pilven polttoineen päivineen. José Manueliksi ja Franciscaksi esittäytyneet asukkaat tarjosivat meillekin jotakin polttamaansa. Pepéä lukuun ottamatta kieltäydyimme kohteliaasti. Isäntämme vaati kuitenkin saada valmistaa meille tervetuliasjuomiksi Cuba Libre –cocktailit, jotka vaikuttivat sisällöltään jo tutummilta.

- Mistä tämä valmistetaan? kysyin makeaa annosta maistaessani.

- Coca-Colasta ja rommista, José Manuel vastasi hymyillen.

- Tai jos ei ole rommia, niin viskikin käy, Francisca lisäsi.

- Tai jos ei sitäkään, niin sitten laitetaan brandyä, José Manuel täydensi vielä.

Resepti ei tuntunut olevan turhan tarkka, mikä sopi muodostamaani käsitykseen andalusialaisesta mentaliteetista.

Drinkkien jäljiltä tunnelma keveni ja keskustelu laveni. Kuubaa ehdittiin vapauttaa useammankin kerran, ennen kuin jossakin vaiheessa nälkä alkoi muistuttaa olemassaolostaan.

- Päivällistä, *señores?* José Manuel kysyi.

- *Claro que sí,* Pena vastasi meidän kaikkien puolesta. Hän oli espanjan kielen taidostaan huolimatta pitänyt keskustelussa puoliani pitäytymällä englannissa. - Kalervokin pääsee oppimaan ravintolaespanjaa.

Pihvi-illallinen härkätaisteluareenan viereisessä ravintolassa tuntuikin kohentavan kielitaitoani kummasti. Heti alkuun tilaamamme tempranillo-viini kirkasti kuulemaani kieltä välittömästi. Opin, että alkuruoaksi tilaamamme ohuet kinkkusiivut olivat paljon enemmän kuin suolaista, kylmää porsaanlihaa.

- Kuvitelkaa, kuinka iloisena maaseudulla vapaana asustava harmaasika popsii tammenterhoja ruoakseen, José Manuel tunnelmoi.

Yritin parhaani luoda mielikuvaa silmieni eteen, mutta aikani meni siihen, että Trisha sai kuvailtua minulle *bellotan* tarkoittavan tammenterhoa. Puolustuksekseni saatoin kertoa, että kotiseudullani ei juuri tammia tunnettu, saati niiden terhoja.

- No, joka tapauksessa, José Manuel jatkoi tästä lannistumatta: - Tammenterhot puolestaan päätyvät maustamaan sian jalasta valmistettavaa, ilmakuvattua kinkkua. Ja siksi tätä *"jamón de pata negraa"* luokitellaan tammenterhoilla. Katsokaa vaikka, hän kehotti meitä, osoittaen baaritiskin yläpuolella roikkuvia kinkkuja sorkkineen.

- Tammenterhoja ripustetaan jalan ympärille sitä useampi, mitä paremmasta lihasta on kyse, Pepé selitti meille muille.

- *Ay caramba, jamón de cinco bellotas*, totesi José Manuel ihaillen samalla eteensä tuotuja, paperinohuita viipaleita tätä suolaista herkkua. Viidellä tammenterholla merkitty liha katosi hänen lautaseltaan hitaan ja hartaan rituaalin myötä.

Pidin kuivattuun sianreiteen liittyvää fanaattisuutta vitsinä, kunnes Pepé osoitti ravintolan takaseinää hallitsevaa, jättimäistä värivalokuvaa. Siinä kaksi harmaata sianmöhkälettä laidunsi helakanvihreällä nurmikentällä, Sierra Nevadan vuoristo taustallaan. Sianliha-annoksen kilohinta alkoi selittyä.

- Eivätkö olekin sympaattisia? kysyi Franciscakin, huomatessaan katsovani porsaiden kuvaa. En olisi luonnehtinut harmaata, ruttuista töpselikärsää ehkä juuri sillä sanalla, mutta tyydyin vain nyökkäilemään hänelle hyväksyvästi.

Pena oli illallisella elementissään, vuosien kokemuksellaan espanjan kielen käytännön kurssista. Hän vertaili latinalaisen amerikan espanjan ilmaisuja paikallisiin, ja isännillämme tuntui olevan hauskaa.

Jälkiruoan väkevöityyn viiniin, sherryyn mennessä osallistuin mielestäni jo varsin onnistuneesti pöytäkunnan keskusteluun paikallisella kielellä. Sain kuulla, että sherrykin tuli Andalusiasta, läheisestä Jerez de la Fronteran kaupungista. Kuulemma vain Jerezin kaupungin lähistöllä kasvaneista valkoisista viinirypäleistä voitiin valmistaa aitoa sherryä. Pena taas kertoili tequilojen laatuluokituksista espanjalaisten epäillessä, oliko paloviinassakin muka havaittavissa eroja.

Ruoat ja juomat vaikuttivat hispaanokulttuurissa varsin monimutkaisilta käsitteiltä ja kertakaikkisen ylenpalttisen hifistelyn kohteilta.

- Meillä Suomessa peruna tulee pellosta ja maito lehmästä. Siinä kaikki, mitä tarvitsee tietää, totesin.

Pöytäseurueemme muut jäsenet näyttivät siltä, etten ollut juuri laukaissut ilmoille varsinaista Suomen matkailumainosta. Francisca päätti vaihtaa puheenaihetta.

- Pepé kertoi, että jatkatte huomenna Cartagenaan. Miksi juuri sinne?

- Penkomaan Merimuseon arkistoja. Sisällissodan aikaan siellä sattui jotain mielenkiintoista, ja ajattelimme, että arkistoista saattaisi löytyä meiltä nyt puuttuvia tietoja, Pena vastasi.

- Ai? Mitä tietoja?

- Kuulemma venäläiset auttoivat Espanjan tasavaltalaisia silloin aika lailla, ja saivat avustaan ihan kohtuullisen korvauksen. Osa siitä vain hävisi jonnekin.

- Millaista korvausta tarkoitat? José Manuel valpastui ja puuttui keskusteluun.

Yritin näyttää Penalle, ettei kertoisi liikoja, mutta hän oli liian innoissaan huomatakseen.

- Melkein 8000 laatikkoa Espanjan keskuspankista haettua kultaa. 75 kiloa per laatikko!

- *Madre mía!* isäntämme huudahtivat ja nojautuivat tuoleissaan hämmästyneinä taaksepäin.

- Ja sanoit, että osa hävisi? José Manuel kysyi hetken päästä.

- Niin, sata laatikkoa, Pena vastasi.

- 7500 kiloa kultaa jäi piiloon satamaan 25. lokakuuta 1936, Pepé vahvisti.

- Ja luulette löytävänne sen arkistoista?

- No emme tietenkään, suutahdin. - Tämä Trisha tässä on tottunut hakemaan tietoja espanjalaisista kirjastoista. Sieltä varmaan selviää, minkä nimisiä laivoja satamassa on tuolloin ollut. Muitakin kuin ne venäläiset, joissa muu kulta lähti Neuvostoliittoon.

- Mutta otetaanpas taas, Pena huudahti lasiaan kohottaen, ja puheenaihe vaihtui taas kevyempään.

Laskun saapuessa José Manuel vaati saada jäädä maksamaan koko aterian. Me muut voisimme palata Franciscan opastamana takaisin kerrostaloon.

Vatsat ja päät täynnä hoipertelimme puoliltaöin takaisin José Manuelin ja Franciscan asunnon lattialle nukkumaan. Näin unta sympaattisista villisioista aitomassa pitkin poikin rehevää vuoristomaisemaa.

KOLMETOISTA

Heräsin oven kolahdukseen.

- *Buenos días*, kuului José Manuelin ääni eteisestä. Avasin toisen silmäni ja katsoin kelloa. Aamu oli jo pitkällä. Toisen silmäni takana tuntui kevyt, sherryinen tykytys, joten päätin pitää sitä vielä hetken aikaa suljettuna.

- Kävitkö jossain? kuului Francisca kysyvän.

- *Churreríassa*, José Manuel vastasi. Avoimella silmälläni näin eteisen peilin kautta hänen heiluttavan Franciscalle ruskeaa kirjekuorta. Sitten hän jatkoi kovaan ääneen meille muille: - Espanjassa sunnuntaiaamu aloitetaan churroilla! Ja Cafetería Los Martínez tekee Granadan parhaat churrot! Keitäpä kaakaota, Fransisca, niin vieraat saavat todeta sen itse!

Vääntäydyimme kaikki ylös, kuka ripeämmin, kuka vähemmän. Trisha vaati päästä vessaan ensimmäisenä, mihin suostuminen oli virhe. Päivään valmistautuminen vei neidiltä kiitettävän ajan.

- Miksi noin happamat ilmeet? hän kysyi tullessaan vihdoin ulos kylpyhuoneesta, mutta haistoi sitten keittiön pöydälle avatusta paperipussista leijuvan tuoksun. – Ooh, churroja! Rakastan niitä!

Olimme WC-vuoroa odottaessamme asettuneet istumaan keittiön pöydän ääreen, johon Francisca kattoi eri kokoisia ja näköisiä mukeja. Oli myönnettävä, että kuuman kaakaon kera nautitut, sokeriset ja rasvaiset munkkitikut sopivat viihteellisen illan jälkeiseen aamuun hyvin.

- Kiitokset tästäkin, Pena sanoi, sormiaan puhtaaksi sokerista nuollen.

- Ja yösijasta, Pepé jatkoi. – Mutta nyt meidän täytyy jatkaa matkaa. Etenkin, jos haluatte, että ajamme Alhambran kautta.

Trisha nyökkäsi innokkaasti. Suoritimme aamutoimet, keräsimme vähät kantamuksemme, hyvästelimme isäntämme ja siirryimme Pepén kadun varteen pysäköimään Volvoon. Alkuviikon viileistä aamuista ei ollut enää tietoakaan, ja elohopea kohosi jo aamupäivästä kahteenkymmeneen asteeseen, joka minulle oli yhtä kuin shortsit ja T-paita -keli. Harvat, tähän aikaan sunnuntaiaamusta ulos uskaltautuneet paikalliset toki pukeutuivat kalenterin mukaisesti talvitakkeihin.

Auton hansikaslokerossa oli ryppyinen "Mapa Turístico de Granada", mutta Pepé totesi, ettei sitä tarvittaisi. Onneksi hän tunsi tien, sillä keskustan kapeiden katujen kautta navigoidessa ei karttaa juuri olisi ehtinyt tihrustaa. Mutkaiset ja kapeat kadut tekivät silti Pepénkin muistille tepposet, ja pari kertaa jouduimme peruuttelemaan yksisuuntaiseksi osoittautunutta ränniä takaisin. Molemmilla kerroilla saimme viittilöidä perääntymiskäskyn myös perässämme ajaneelle, upouudelle Seat Málagalle. Sen kyydissä olleet, aurinkolaseilla varustautuneet herrat vaikuttivat lasin läpi melko tympääntyneiltä touhuumme. Lähempänä Alhambraa alkoi kadunvarsipylväisiin onneksi ilmestyä nähtävyyden sijainnista kertovia kylttejä.

Alhambran linnoitus sijaitsi totta kai vuorella, ja Volvo sai kihnuttaa kapenevia katuja ylämäkeen hyvän tovin. Ylös päästyämme tie jatkui rehevän puistikon keskellä, ja päätyi viimein turistien kansoittamalle pysäköintialueelle. Kasvillisuus ylhäällä oli niin rehevää, ettemme hahmottaneet itse linnasta muuta kuin kaistaleita vaaleanruskeaa kivimuuria.

- Jatketaanko kävellen lähemmäksi? ehdotti Trisha.

- Sopii. Linnaa pääsee kyllä näkemään hiukan ilman pääsylippujakin, Pepé sanoi.

Linnoitus oli kyllä vaikuttava osoitus maurien rakennustaidosta ja -taiteesta. Toistatuhatta vuotta sitten alkunsa saaneen linnan nykyinen ilmiasu oli pitkälti 1200-luvulta. Rakennusaineena oli käytetty puuta ja tiiliä, ja koristekaiverruksiin oli käytetty aikaa.

- Lahdenmäen esi-isät tallustivat tuohon aikaan tuohivirsuissa porojen perässä, Pena sanoi Trishalle.

- Tuskin sinunkaan suvussasi on montaa palatsia silloin rakenneltu, arvelin puolestani.

- Mistä sinun sukusi on lähtöisin? kysyin Trishalta.

- Ranskasta. Iso-isoisäni lähti 1800-luvun lopulla Amerikkaan, jostakin Pariisin läheltä.

- No miksi tulit tänne Espanjaan opiskelemaan, etkä Ranskaan?

- Ranskaa olen osannut jo lapsesta, mutta espanjan kieltä aloin lukea vasta collegessa. Jotenkin se kiinnosti enemmän.

Rupattelimme hetken espanjan ja ranskan kielen eroavaisuuksista, vaikka suurin osa kuulemastani informaatiosta läpäisi aivoni takertumatta pahemmin mihinkään. Aurinkoinen päivä romanttiseksi luonnehditussa linnoituksessa ei tuntunut ollenkaan hassummalta.

- Kröhöm, pitäisiköhän jatkaa matkaa? Pena muistutti retkemme alkuperäisestä tarkoituksesta.

- Aivan, eiköhän palata autolle, kuittasin nopeasti. Käännyimme Mexuar-palatsin ulko-ovelta takaisin ja lähes törmäsimme samoihin tylykasvoihin, jotka olivat tulleet Seat

Málagallaan perässämme linnoitukselle. Mutisimme jotakin anteeksipyytävää ja kävelimme rivakasti pysäköintialueella odottavan Volvon luo.

Päästäksemme Alhambrasta takaisin Cartagenaan vievälle valtatielle N-342 meidän oli kierrettävä koko Granadan keskusta. Aamupäivästä viisastuneina käytimme ohitukseen isompia, kauempana kulkevia katuja. Varsinaisten ohitusteiden rakentaminen oli vasta suunnitteilla, joten Granadasta pois pääsy tuntui kestävä ikuisuuksia.

- Mistä tämä numero mahtaa tulla? Pena kysyi päästyämme vihdoin tielle, jonka tienvarsikyltissä luki "N-342".

- "N" tulee sanasta "nacional". Kaikki kansalliset tiet on numeroitu sen mukaan, missä suunnassa ja millä etäisyydellä ne alkavat Madridista, Pepé selitti.

- Luulin, että kaikki tiet vievät Roomaan, Pena sanoi.

- No, eivät ainakaan parittomat kansalliset tienumerot täällä Espanjassa, ne vievät Madridiin. Mutta parilliset kulkevat poikittaissuunnassa, joten ehkä ne sitten vievät Roomaan, Pepé pohti.

Andalusian iltapäiväaurinko porotti säälimättä pilvettömältä taivaalta. Vuoristoisen seudun niukka kasvillisuuskaan ei juuri varjoja tarjonnut. Pysähdyimme jaloittelemaan ja syömään Puerto Lumbreras -nimisen pikkukaupungin kohdalla tien varrelle osuneeseen La Rambla -ravintolaan. Olut, pihvi ja paistetut perunat eivät vastanneet tiedotusvälineissä vuosia myöhemmin välitettyä kuvaa terveellisestä, välimerellisestä ruokavaliosta, mutta vatsan ne täyttivät.

- No, mikä on suunnitelmanne? Pepé kysyi pyyhkien suutaan metallilaatikosta nyhtämäänsä paperiservettiin.

- Tunti vielä, ja olemme Cartagenassa, hän jatkoi.

Katsoin kelloani. Se lähestyisi perille päästyämme iltakuutta. Olisikohan siihen aikaan enää mahdollista edistää asiaamme?

- Ovatkohan museot tai kirjastot auki sunnuntai-iltaisin? kysyin toisilta ääneen.

- Sanoisin, että ovat jo menneet kiinni. Ja seuraavan kerran avaavat tiistaina, Pepé vastasi.

- Tiistaina? huudahdin.

- Niin, ne ovat maanantait kiinni.

- Ja nyt vasta kerrot? tiuskaisin. - Miten me nyt pääsemme kirjaston tietoihin käsiksi?

- Älä hätäile, kyllä me jonkin keinon keksimme, Pepé rauhoitteli ja tyhjensi loput olutlasistaan. - *Vámonos!*

Loppumatka Cartagenaan seuraili tavallaan Välimeren rannikkoa, joskin melko kaukana siitä. Toinen toistaan seuraavat, matalien pensaikkojen päällystämät vuoret peittivät näkymät merelle. Vastaantuleva liikenne oli vähäistä, varmaankin sunnuntaista johtuen.

Maisema oli kuin lännenfilmistä, joskin aavistuksen vihreämpänä versiona. Olisin voinut kuvitella Clint Eastwoodin ratsukoineen nostattamassa pölypilveä vasten vuorenrinnettä, mutta sellaistakaan elonmerkkiä kuolleessa maisemassa ei näkynyt. Trishaa huomioni huvitti, ja hän totesi pitävänsä itse näkymiä vaikuttavina. Lukukausi Sevillassa oli pitänyt hänet varsin tiiviisti kiinni kaupungissa, eikä hän ollut etelä-Espanjan vuoristoiseen maaseutuun vielä ehtinyt tutustua.

Välillä ohitimme satunnaisia, matalia asuinrakennuksia, joiden pihapiirit koostuivat ilmeisesti oliivipuista. Mielestäni seutu vaikutti maatalousmielessä verrattain toivottomalta, mutta Pepé vakuutti maaperän olevan Espanjan hedelmällisimpiä. Ehkä suomalaissilmään maiseman puuttomuus sai seudun vaikuttamaan karummalta kuin se olikaan.

Tie nousi lopulta varsin korkealle vuoristoon ja avasi meille näkymän viljelyskasvirivistöjen täyttämään, tasapohjaiseen laaksoon. Sinne laskeuduttuamme asutus alkoi tihentyä. Rapatut talot alkoivat saada punaisen ja okran sävyjä, ja katujen reunoille alkoi vihdoin ilmestyä kookkaampiakin puita, kuten sembramäntyjä ja palmuja. Rakennuksiin ilmestyi ensin toinen, sitten kolmas kerros; ja viimein olimme kaupungin keskustassa kerrostaloineen, puistoineen ja ostoskatuineen.

Pimeä laskeutui juuri, kun Pepé osoitti meille rakennusta, jonka oven päällä luki "Hotel Los Habaneros".

- Siitä meille majapaikka, sanoi Pena ja nyökytteli hyväksyvästi.

- Joutuuko siellä syömään chiliä? kysyin Pepéltä. Olinhan kuullut tulisesta habanero-chililajikkeesta jo Meksikon-matkallamme.

- Ei, nauroi Pepé. - Nimi tulee Kuuban pääkaupungista, Havannasta. Alkuperäiset hotellin omistajat loivat kuulemma sata vuotta sitten omaisuuden Kuubassa, palasivat Espanjaan ja perustivat tämän hotellin.

- Mistä tiedät? kysyin.

- Jollakin keikkamatkalla yövyimme täälläkin. 60-luvulla. Tällä oli silloin jokin toinen nimi, mutta kaikki tunsivat sen tällä nimellä. Vastanaineiden suosiossa se oli silloin.

- No mennään sitten varaamaan huoneet! Trisha ilmoitti.

Vastaanottotiskin tummaihoinen virkailija katsoi seuruettamme nenänvarttaan pitkin.

- Haluatte siis kaksi kahden hengen huonetta? hän toisti Pepén tiedustelun.

- Niin, toinen näille suomalaisille. Voin mennä neidin kanssa itse toiseen.

Trisha hätkähti ja ilmoitti puolestaan, että seurueen herrat jakoivat mielellään toisen huoneen keskenään, jos sinne vain järjestyy lisävuode. Virkailija vakuutti tämän onnistuvan.

Pepé ei vaikuttanut edes pettyneeltä, kohautti vain olkiaan ja totesi: - Ollaan sitten vähän ahtaammin. Minulle ehdottamani järjestely olisi kyllä käynyt.

Saimme huoneidemme avaimet ja sovimme näkevämme puolen tunnin päästä aulassa, valmiina päivällispaikan etsintään. Siinä ajassa Trishakin lupasi karistella päivän pölyt olemuksestaan.

Viidenkymmenen minuutin päästä Trisha ilmestyikin aulaan ja lähdimme kävellen tutkimaan Cartagenan keskustan ravintolatarjontaa. Matkalla selvisi myös, että laivastoasema oli ympäröity korkealla, yhtenäisellä muurilla. Kenttätutkimus Cartagenassa olisi siis seuraavana aamuna aloitettava muurien ulkopuolella sijaitsevasta sotilaskirjastosta, keinolla millä hyvänsä.

NELJÄTOISTA

Kaivatuksi keinoksi osoittautui mennä sisään kirjastoon samalla ovenavauksella siivoojan kanssa. Esitimme keskenään väitteleviä tutkijoita, eikä maanantaiksi suljettua kirjastoa imuroimaan saapunut siirtolaistyöntekijä kysellyt tarkoitusperiemme perään.

- Okei, entäs nyt? tiedustelin muilta, etsien katseellani kattoon mahdollisesti kiinnitettyjä valvontakameroita.

- Aloitetaan vaikka tuolta, ehdotti Trisha, osoittaen sormellaan opaskylttiä, jossa luki *"Archivos"*. Viidenkymmenen vuoden takaisia sataman asiakirjoja ei luultavasti tarvittu päivittäin, vaan ne oli todennäköisesti talletettu arkistoon.

Arkistosali oli valtavan kokoinen ja täynnä hyllyköitä. Annoin espanjankielentaitoisten hahmottaa arkiston rakennetta ja etsiä kaipaamiamme dokumentteja, samalla kun itse vilkuilin, ettei siivooja tai kukaan muukaan pääsisi yllättämään meitä.

Muutaman minuutin kuluttua Pepé hihkaisi löytäneensä jotakin. Suunnistimme hyllyväliköissä hänen äänensä suuntaan.

- Ainakin vuosiluvut täsmäävät, Pena totesi löydettyämme Pepén luokse. Hyllymerkinnän mukaan osasto käsitteli ajanjaksoa 1935-1939.

Aloimme käydä kansioita läpi. Tositteita oli arkistoitu kaikenlaisia; tavara- ja matkustajaluetteloista tullikuitteihin ja säätietoihin. Emme tarkkaan tienneet, mitä olimme etsimässä, mutta mikä tahansa, mikä liittyi vuoden 1936 lokakuuhun, saattaisi olla etsimämme dokumentti. Päätin siis keskittyä etsinnässäni päivämääriin - koristeellinen käsiala ja kirjainosia leventävän mustekynän käyttö tekivät espanjankielisen tekstin tulkitsemisesta liian haastavan. Osa liuskoista oli onneksi myös täytetty kirjoituskoneella, mikä helpotti sisällön tunnistamista.

- Taisin löytää jotakin! ilmoitti Trisha hyllyn toisesta päästä. Parveilimme hänen luokseen. Mustakantinen kansio hänen kädessään oli auki sivulta, jonka yläosassa näkyi hakemamme päivämäärä: 25. lokakuuta 1936. Trisha osoitti sivun puoliväliä.

- Lista laivoista, jotka ovat joko saapuneet tai lähteneet satamasta tuona päivänä. Tämän mukaan neljä venäläistä rahtialusta on tosiaan lähtenyt myöhään yöllä kohti Odessaa.

- Entä muu liikenne? kysyin. - Parturimmehan sanoi, että sata laatikkoa kultarahoja jäi piiloon satamaan. Olisiko niitä yritetty kuljettaa seuraavina päivänä jonnekin?

- Katsotaan..."España"-niminen *acorazado monocalibre*-tyypin alus on lähtenyt parin päivän päästä satamasta kohti Rotaa, muuten on ollut hiljaista.

- Mitä tuo alustyyppi tarkoittaa? kysyin.

- Se on iso taistelualus, monta tykkiä ja muita aseita, Pepé selitti.

- Tuskin sellainen on kuljettanut varastettua kulta-aarretta, Pena mietti.

- Löytyykö sataman muusta liikenteestä merkintöjä? kysyin Trishalta.

- Esimerkiksi *ferrocarril* tai *camión*, Pena ehdotti. - Osasto Karhua on tuskin kirjoitettu sinne.

- Ei näy junia käyneen satamassa asti, Trisha sanoi kohta.

- Mutta kuorma-autoista on muutama merkintä. Esimerkiksi tässä, ja juuri seuraavalta päivältä: *"Camión Ford 8:25, destinación Sevilla"*. Päivä näkyy olleen sunnuntai, joten ei liene ihme, että muita merkintöjä sille päivälle ei olekaan.

Katsoimme toisiamme. Oliko kultalasti lähtenyt Sevillaan? Ja jos, niin kenen toimesta? Tiesikö Sevillan parturi asiasta enemmän kuin oli meille kertonut?

Ihmettelymme keskeytyivät hyllystön päästä kuuluvaan komentoon:

- Kädet ylös!

Tottelimme, sillä käskyn antanut, koppalakkinen vartija tehosti suullista ilmaisuaan meitä kohti osoittavalla pistoolinpiipulla.

VIISITOISTA

- Sisään vaan, kehotti yrmeä portsarimme aukaisten niukkakalusteisen sellin oven. Matka sotilaskirjastosta sotilasvankilaan oli lyhyt, eikä meidät yllättäneellä vartijalla ollut vaikeuksia ohjata meitä tähän vähemmän kultturelliin rakennukseen. Olihan hänellä aseylivoima.

- Saammeko soittaa puhelun ensin? kysyin häneltä.

- Toki. Ei tämä nyt mikään *Spanish Inkvisition* ole.

Kaverin ilmeen mukaan sitä tämä juuri oli, mutta oletin puhelun olevan ok.

- Kenelle ajattelit soittaa? Pena tivasi.

- Tapani Kansalle, Remu Aaltoselle, keitä näitä nyt on. No oikeasti, onhan meillä tuttuja Helsingissä, ihan ulkoministeriössä asti. Muistatko sen lähetystöneuvos... mikä se nyt oli... niin, Kuappisen?

- Senkö, joka lähetti meidät silloin vuosia sitten Meksikoon? Tai ei siis tarkoituksella, mutta sinne sitä vain päädyttiin.

- Juuri hänet. Hänellähän oli se toimistokotka, joka järjesti kaiken... neiti Näpsä!

- Oliko hän tosiaan nimeltään neiti Näpsä?

81

- Todennäköisesti ei, mutta sillä nimellä häntä kutsuttiin.

- Viiltävän tehokas rouva muistaakseni.

- Aivan. Hän, jos joku, saa meidät puhuttua ulos täältä. Ja hän saattaisi pystyä myös auttamaan meitä eteenpäin tutkimuksissamme. Sevillan parturihan sanoi, että Osasto Karhu oli nimenomaan Suojelupoliisin yksikkö. Neiti Näpsällä saattaisi olla kontakteja sinnekin. Vai tuleeko mieleesi jotakin muita tahoja, jolta kysyä? Basistimme Rane?

Pena jäi katselemaan mietiskelevä ilme kasvoillaan yläoikealle ilmaan, josta päättelin vastauksen.

- Selvä. Mitenköhän täältä soitetaan ulkomaanpuhelu? kysyin vartijalta englanniksi.

Vartija lähti tuuppimaan minua edellään kohti puhelimen sisältävää toimistohuonettaan. Pena jäi lukittuun selliin kääntämään käymäämme suomenkielistä keskustelua Pepélle ja Trishalle.

Automaattiset puhelinkeskukset olivat olleet arkipäivää Espanjassakin jo vuosikymmeniä, mutta sotilastukikohdassa turvauduttiin edelleen käsivälitteisiin järjestelmiin. Vartija pyysi operaattoria avaamaan ulkomaanpuheluyhteyden Suomeen, jonka jälkeen pääsin selittämään yhdistämistoiveeni Posti-Telen ulkomaanpuheluvirkailijalle Helsingissä. Ulkoministeriöön ohjattu puhelu päätyi sen vaihteenhoitajalle, joka oli onneksi tehnyt tontillaan sen verran pitkän työuran, että tunnisti kuvauksestani, ketä hain.

Tuskastuttavan monen hälytysäänen jälkeen luuri toisessa päässä nostettiin.

- ...anen, kuului rahisevan linjan toisesta päästä. Tunnistin topakan äänen.

- Täällä on Kalervo Lahdenmäki, hyvää iltaa.

- Niin?

- Ette ehkä muista minua, mutta järjestitte minut ja orkesterini matkalle Meksikoon muutama vuosi sitten - ja ennen kaikkea sieltä pois.

Langalta kuului hetken vain kohinaa. Sitten, riemullisen jälleentapaamisen äänien sijaan sieltä todettiin vain lakonisesti "Ai, te". Oletin Neiti Näpsän kuitenkin tunnistaneen, kuka olin.

- Niin... olen nyt Penan, sen rumpalimme, jos muistatte, kanssa Espanjassa. Tarkemmin sanottuna Cartagenassa. Ja vielä tarkemmin sen sotilasvankilassa.

- Pitäisikö minun yllättyä? kysyi sihteeri happamasti.

- Niin... no, joka tapauksessa tulimme tänne Merimuseon kirjastoon etsimään tietoja erään... ystävämme opinnäytetyöhön ja yhtäkkiä meidät vain pidätettiin.

- En edelleenkään ole yllättynyt, Näpsä kommentoi. - Millaisia tietoja haitte?

- Vuoden 1936 tapahtumista satamassa. Laivoista, joita siellä silloin kävi. Osasto Karhusta, venäläisten...

- Sanoitteko Osasto Karhusta? neiti Näpsä keskeytti.

- Tuota...kyllä. Joidenkin tapahtumien yhteydessä tuli ilmi, että jostakin syystä myös suomalaisia oli tuolloin paikalla.

- Minkä tapahtumien?

En ollut aikonut avata tutkimustemme kohdetta, kultakuljetusta Näpsälle, mutta vaihtoehtoja ei tuntunut olevan. Lisäksi vartija napautti rannekelloaan sen merkiksi, että puheaika alkoi olla lopuillaan.

- Valtavan kultamäärän kuljettamisessa Espanjasta Neuvostoliittoon, ja etenkin pienen kultaerän häviämisessä satamasta.

- Kuinka pienen?

- Seitsemän ja puoli tuhatta kiloa.

Linjan toisesta päästä ei hetkeen kuulunut mitään.

- Ja seuraavaksi haluatte, että sepitän sotilasvankilan johtajalle vierailullenne jonkin uskottavan syyn? neitä Näpsä sitten huokaisi.

- Luette minua kuin avointa kirjaa, vastasin helpottuneena.

- Ette te varsinaisesti mikään Valtion tulo- ja menoarvio ole, kuului linjan toisesta päästä topakasti. - Soittakaa minulle uudestaan vapauduttuanne, jollei muuta kuulu. Katsotaan, mitä siihen mennessä saan selville.

KUUSITOISTA

- Esko Kyykkä. Suojelupoliisista. Terveisiä neiti Näpsältä.

Edessäni käsi ojossa seisova, arviolta nelikymppinen mies huomasi hämmästyneen katseeni ja, ennen kuin ehdin muodostaa automaattisesti mieleeni tullutta kysymystä kuuluville asti, lisäsi kyllästyneen oloisesti: - Ei, tunnuslauseemme ei ole "Suoposta tullaan, Tiitisen poikia ollaan".

Kättelimme. Pena vilkaisi minua kulmat kurtussa.

- Se oli eräs Pahkasian juttu. Sielläkin seikkaili pari vuotta sitten lähes samanniminen "Suopon agentti", selitin hänelle.

Oikea agentti huokasi raskaasti, osoittaen kuulleensa parodialehtiversiostaan riittämiin.

- No, ei kai Ruusuvuorenkaan mielikuvitus riittänyt keksimään sellaista Suopon agenttia, jonka lähestulkoon kaimaa ei olisi oikeasti olemassa, hän sanoi olkiaan kohauttaen.

Muistin tässä vaiheessa, etteivät Trisha ja Pepé ymmärtäneet suomen kieltä, joten esittelin heidät englanniksi Kyykälle. Olimme juuri tulleet ulos sotilassataman putkasta, josta meidät kirjastosta napannut vartija oli seurueemme

85

happaman oloisena hakenut. Vahti oli luovuttanut meidät erilaisin leimoin varustettu paperia vastaan rakennuksen ulkopuolella odottaneelle miehelle, joka puolestaan juuri oli esittäytynyt meille.

- Agentti? kummasteli Trisha.
- No, poliisiviranomainen Suomesta joka tapauksessa, Kyykkä vastasi. - Hoidetaan teidät nyt ulos täältä.

Esko Kyykkä johdatti meidät päättäväisin askelin muurien ulkopuolelle. Hetken katseellaan haettuaan hän havaitsi kadun toiselta puolelta kahvilan ja ehdotti, että menisimme sinne keskustelemaan maanmiesten kesken sillä välin, kun Trisha hakisi tavaransa hotellista ja Pepé autonsa sen parkkialueelta. Ehdotus hyväksyttiin ja sen toimeenpano käynnistyi välittömästi.

Astuimme askeettisesti kalustettuun kahvilaan. Kyykkä tilasi baaritisikiltä suomalaistriollemme tottuneesti *café cortadot*. Tarjoilija sanoi tuovansa ne kohta pöytäämme.

- Kuinka pääsit tänne näin nopeasti? Puhelinkeskustelustani ulkoministeriöön Helsingissä ei ole kuin muutama tunti, aloitin istuuduttuamme.
- Satuin olemaan päivystämässä täällä. Keskustelunne jälkeen Näpsältä meni toki jonkin aikaa selvittää, onko agenttejamme lähistöllä. Se kun ei ole julkista tietoa.
- No ei varmasti. Mutta miksi sitten ylipäätään olet täällä?

Kyykkä katsoi minua kuin vähä-älyistä.

- Oletteko pojat kuulleet termiä "kylmä sota"? Nyökkäsimme.
- Hyvä. Se sattuu juuri nyt olemaan ehkä kuumimmassa vaiheessa koskaan. Reagan on tulossa vierailulle Espanjaan, ja samaan aikaan puolet kansasta haluaisi maan lähtevän pois Natosta. Eikä Espanja ole Natossa vielä monta vuotta ollutkaan. Kansanäänestys on siis Yhdysvalloille ja Natolle todellinen riski. Sovitaan siis, etten kuullut äskeistä kysymystä.

Teille riittää tietää, että juuri nyt olen täällä teidän takianne. Tutkitte asiaa, joka kiinnostaa minuakin.

- Sekaantuiko Suojelupoliisi siis oikeasti kultaryöstöön Espanjassa 30-luvulla? Pena kysyi.

Kyykkä kohotti kulmakarvaansa sen merkiksi, että saattaisimme sittenkin siirtyä hänen arvoasteikollaan pykälää vähä-älyisiä ylemmäksi.

- Riippuu siitä, miten määrittelet "ryöstön". Espanjan valtion kultavarantoa oltiin aivan sen aikaisen valtionjohdon päätöksellä eli täysin laillisesti siirtämässä Neuvostoliittoon. Josta sitä ei kylläkään ikinä takaisin saataisi.

- Tarkoitankin sitä sadan laatikon erää, joka jäi siirtämättä, Pena täsmensi.

- Aa, sitä, agentti vastasi.

- Niin, minne se päätyi? kysyin, kun jutulle ei automaattisesti alkanut kuulua jatkoa.

- Toivoin, että te olisitte kertoneet sen minulle.

Katsoimme Penan kanssa kummissamme toisiamme.

- Tietojemme mukaan Osasto Karhu anasti erän ja piilotti sen silloin satamarakennukseen. Sen jälkeisistä siirroista ei ole löytynyt tietoja, kerroin Kyykälle salaten mahdollisen löydöksemme kirjastosta.

- Tiedätte siis Osasto Karhusta? Kyykkä vastasi. – Varsin taitavia soluttautujia, puolustusvoimiemme eliittiä tuolloin. Harmi, ettei heidän olemassaolostaan ole voitu puhua. Moni olisi ansainnut kunniamerkkejä sotien aikaisesta toiminnastaan.

- Mitä tämä kontiokopla teki Cartagenassa vuonna 1936?

Kyykkä mittaili jälleen katseellaan meitä hetken, ennen kuin päätti, että voisi valottaa meille historian salaisuuden verhoa.

- Noin kymmenen hengen joukko agenttejamme oli täällä suorittamassa Neuvostoliiton toimiin liittyvää vakoilutehtävää. Stalinhan avusti tuolloin Espanjan tasavaltalaisia aseilla ja sotilasavulla, kun Saksa ja Italia puolestaan auttoivat Francon johtamaa kapinaliikettä vallankaapausyrityksessään. Neuvostoliiton toiminnan nähtiin Suomessa ennakoivan sotilastoimia muuallakin Euroopassa, ja siksi heidän liikkeitään haluttiin seurata.

- Miten nämä metsänkuninkaan miehet sitten liittyivät kultakuljetuksiin? Pena puolestaan tiedusteli.

- He saivat selville kullan siirtosuunnitelmat, ja päättivät hankkia Suojelupoliisin surkeaan budjettiin hiukan kohennusta. Kasakkahan haluaa ja ottaa kaiken, mikä ei ole kunnolla kiinni, joten heitä tuon pienenkin kultaerän häviäminen harmitti suunnattomasti.

- Mutta otsotko eivät siis lopulta onnistuneet? kysyin.

- Ainoastaan osittain. Venäläiset menettivät 7500 kiloa kultaa, ja olettivat suomalaisten olleen häviämisen takana. Maineemme siinä leirissä siis kasvoi ihan haluamallamme tavalla.

- Mutta...

- Mutta itse kulta hävisi mesikämmeniltämmekin. Yksi laatikollinen jäi todisteeksi siitä, että saalis todella oli ollut osin satamassa vielä venäläisalusten lähdön jälkeen. Sillä ei vielä kouvoille uusia kalosseja kummempaa osteltu.

Kyykkä oli voittanut synonyymikilpailumme, en keksinyt karhuille enää muita kiertoilmauksia. Onneksi Pepén Volvo ilmestyi kahvilan eteen ja kuulimme, kuinka sen äänitorvea painettiin.

- Teidän on varmaan parempi jatkaa matkaanne. Minne se muuten vie? Kyykkä kysyi.

- Palaamme Sevillaan. Pepé on siellä töissä ja Trisha opiskelee Sevillan yliopistossa. He varmaan haluavat jatkaa hommiaan siellä heti huomisaamusta.

- Ja entä te kaksi?

- Olen myös työtehtävissä käymässä Sevillassa, muotoilin.

- Töitä minäkin sieltä etsiskelen, Pena jatkoi.

- No onnea vaan sitten työnhakuun. Neuvon teitä unohtamaan tämän kultaerän jäljityksen. Eiköhän se ole viidessäkymmenessä vuodessa jo ehtinyt hävitä jäljettömiin. En sitä paitsi välttämättä pääse hakemaan teitä seuraavan viranomaisen luota yhtä helposti.

- Ehdottomasti. Kiitos kovasti tästä ja anteeksi aiheuttamastamme vaivasta, sanoin.

Poistuimme Penan kanssa kahvilasta kohti Pepén ulkona odottavaa autoa. Suopon agentti jäi kahvilaan lukemaan päivän El País -sanomalehteä.

- Minnekäs nyt? Pena kysyi.

- Suorinta tietä takaisin Sevillaan! Etelän lämmössä hiuksetkin tuntuvat kasvavan nopeasti; huomenna täytyy päästä parturiin, vastasin.

- Eikös tuo agentti juuri käskenyt meidän unohtaa koko kulta-aarteen? Ja kuulin, kuinka lupasit tehdä niin, Pena ihmetteli.

- Valehtelin.

Penaa nauratti.

- Ihmettelinkin, kuinka helposti luovutit.

- Jos se kulta odottaa jossakin noutajaansa, niin parturimme Sevillassa todennäköisesti tietää, missä. Täytyyhän se nyt selvittää!

- No totta hemmetissä! Pena komppasi ja avasi Volvon apukuskin puoleisen oven. – Chofer! A Sevilla, por favor!

Jonkin Cartagenan keskustan kirkon kello kuului lyövän iltaseitsemän lyöntejään. Päivä oli ollut pitkä ja tapahtumarikas, joten nukahdin heti, kun olin päässyt Volvon takapenkille Trishan viereen. Muutkaan seurueestamme eivät huomanneet, kuinka kadun varrelle parkkeerattu Seat Málaga takanamme käynnisti sekä moottorinsa että ajovalonsa ja lähti seuraamaan meitä.

SEITSEMÄNTOISTA

Heräsin rappukäytävästä kantautuvaan, lapsiperheen arkea yli kansallisuusrajojen kuvaavaan mekkalaan. Pepén ruskea nahkasohva narahteli, kun nousin siltä ylös. Lähdin kohti keittiötä, mutta kompastuin lattialla lojuvaan möykkyyn.

- Pakko potkia? Pena murisi vilttinsä alta ja käänsi kylkeään.

- Oikein hyvää huomenta sinullekin, vastasin.

Keittiön pöydällä oli kovaksi kuivunut paahtoleivän viipale ja lappu, jonka mukaan Pepé oli lähtenyt näyttämään naamaansa työpaikalle. Muistin yöllä pohtineemme, että José Antonio ei välttämättä ollut edes havainnut hänen maanantaista poissaoloaan.

Pepé tuntui jaksavan lyhyillä yöunilla ikäisekseen yllättävän hyvin. Hänen sameuttavien savukkeidensa vastapainoksi yöllä nauttimillaan piristeillä saattoi toki olla osuutta asiaan. Kaveri oli ajanut koko kuusituntisen paluumatkan Sevillaan yhdeltä istumalta. Lähes kuten se pervitiiniä rintamalinjojen takana Neuvostoliitossa nauttinut talvisodan suomalaississi, joka oli hurjan hiihtoretkensä päätteeksi havahtunut vasta Norjan puolelta. Pepé sentään sai tarpoa trippiään huomattavasti lämpimämmissä olosuhteissa.

Olimme jättäneet Trishan yöllä vuokra-asunnolleen ja päätyneet sen jälkeen Pepén luokse, lyhyeen neuvonpitoon muutaman Cuba Libren voimin. Hämärästi muistin, että olimme sopineet menevämme Penan kanssa tänään jututtamaan parturiamme uudemman kerran. Pepén oli palattava aamulla työmaalle ja Trishalla oli tenttipäivä, joten kävisimme tiedusteluretkellä kahdestaan.

Join loput illan drinkeistä ylijääneestä Coca-Colasta. Maku toi mieleen juomasekoituksen muut ainesosat, eikä mielikuva ollut näin aamusta kaivatunlainen.

- Joit sitten kaiken? kuului Penan ääni. Hän kurkisteli viltin alta keittiöön, toinen silmä vielä kiinni.

- Tein sinulle palveluksen, usko pois, mutisin takaisin.

- Lähdetään sitten etsimään jotain toista mustaa juomaa, Pena sanoi kömpien ylös lattialta.

- Et varmaankaan tarkoita Guinnessia? Meillä Ranen kanssa olisi siitä nektarista paljonkin kerrottavaa. Mutta kerron ehkä joskus myöhemmin.

- No en. Ihan vain kahvia.

- Selvä. *Al café*!

Espanjan kieli alkoi mukavasti tarttua päähäni. Ainakin ravintolaespanja.

Aurinko lämmitti aamukymmeneltä jo mukavasti Sevillan katuja, ja päätimme jaloitella suosikkipuistoksemme muodostuneeseen Parque de María Luisaan. Pepén asunnolta oli lyhyt matka puiston pohjoispäätä hallitsevalle, 50.000 neliömetrin kokoiselle Plaza de Españalle. Sitä ympäröivä, puolikaaren muotoinen rakennus torneineen näkyi kauas; aina Guadalquivir-joelle asti, josta Amerikan löytöretket olivat tarinan mukaan saaneet alkunsa. Muodon puolestaan sanottiin kuvastavan syleilyä, johon tämä entinen metropoli oli kolonialismin aikana valloittamansa alueet ottanut. Meille aukion tuoma arvo oli kuitenkin huomattavasti lokaalimpi: kenties jokin sen kahvinmyyntikojuista olisi jo avattu.

Marokkolaisen näköinen viiksiniekka myikin meille kohta muovimukilliset kuumaa, mustaa vettä. Hänen liikeideansa näkyi perustuvan ennemminkin kylmien kuin kuumien juomien myynnille.

- Katsopas, ne viime viikkoiset virtuoosit ovat taas tulossa estradille, Pena sanoi osoittaen kahta kitaralaukkuja kantavaa nuorta miestä, joiden soittoa olimme perjantaina ihastelleet. He olivat valinneet päivän soittopaikakseen Plaza de Españan mosaiikkien ympäröimän pihan. Värikkäät keramiikat kuvasivat Espanjan kaikkia 49 maakuntaa ja kaverukset näyttivät asettuvan niistä Huelvan maakuntaa esittävien luokse. Huelvaan oli Sevillasta alle sata kilometriä matkaa, joten he saattoivat hyvin olla naapurimaakunnasta kotoisin.

- Mennään kuuntelemaan, ehdotin.

Astelimme kitaroitaan virittävän kaksikon luokse.

- *Hola, muchachos!* Pena tervehti andaluuseja itsevarmasti jo kaukaan. Paikallinen tapa ääntää äänne "ch" oli hänen mukaansa hyvin lähellä meksikolaista; kuten oli kuulemma myös tupla-ällien, h-kirjainten ja joidenkin muiden äänteiden laita. Itselleni tämä nopea papatus oli useimmiten vain nopeaa papatusta.

Vahingoniloseni huomasin, että flamencomuusikoilta kesti hetken ymmärtää, mitä Pena oli sanonut. Paikalle päästyämme he vastasivat kuitenkin tervehdykseen iloisesti.

Seuranneesta spanglish-kielisestä keskustelusta ymmärsin, että kaveruksilla oli jotakin kytkentöjä Huelvaan, mutta tänään he olivat valinneet soittopaikkansa vain siitä yksinkertaisesta syystä, että maakuntaa kuvaavalla mosaiikkialueella oli penkki, jossa soitellessa istua.

Kerroimme itsekin soittelevamme, mutta että instrumenttimme eivät tuntuneet istuvan flamencomusiikkiin.

Toinen kitaristeista kertoi kyllä kuulleensa argentiinalaisen tangon yhteydessä soitetun jossain harmonikalla myös flamencosäveliä, mutta osoitti ilmeellään pitäneensä yhdistelmää sangen epäortodoksisena.

- Teille venäläisille se menisi varmaan täydestä, toinen naurahti.

- Itse asiassa emme ole venäläisiä, vaan Suomesta, sanoin.

- Sen naapurista, Pena jatkoi, kun kaverusten maantietämys tuntui asettavan haasteita asemoida meitä kartalle.

- *Así.* Kuulostitte ja näytitte vain hiukan seuraavan keikkamme tilaajilta.

- Keikan? Missä esiinnytte? Pääseekö sinne katsomaan?

- Valitettavasti se on yksityistilaisuus. Neuvostoliiton kunniakonsuli pitää huomeniltana juhlat henkilöstölleen, ja he haluavat kuulla siellä flamencoa.

- No sehän on hienoa, onnittelin kaksikkoa. – Kaksistaanko esiinnytte?

- Ei, kokoonpanoomme kuuluu kolmaskin jäsen. Hän ei vain juuri kerkiä treenata. Opiskelu ja työ vievät kuulemma kaiken ajan.

- Siksi en teekään kumpaankaan, toinen soittajista nauroi.

- Huomenna hänkin tulee tänne ja harjoittelemme yhdessä iltaa varten.

Pena innostui rumpalintaustallaan tiedustelemaan muusikoilta edellisviikolla kuulemastamme taputuskompista, ja nämähän sanoivat näyttävänsä meille heti mallisuorituksen.

"Niño, dame el compás", kehotti kaveruksista pidempihiuksinen, ja toinen kehotti meitä ryhtymään mukaan aloittamaansa taputukseen. Alku vaikuttikin lupaavalta: rytmi oli jälleen sama kuin sekä meksikossa soittamassamme mariachimusiikissa että irlannissa oppimissamme jigeissäkin, eli 6/8-jakoinen. Flamencossa synkooppi oli kuitenkin erilainen. Ensimmäisen tahdin taputuksissa korostuivat kolmas

ja kuudes isku, mutta seuraavassa tahdissa toinen, neljäs ja kuudes. Ja juuri kun aloimme Penan kanssa päästä tästä jyvälle, rytmissa tapahtui pieni muutos: ensimmäisen tahdin kuudennen iskun korostus siirtyi seuraavan tahdin ensimmäisen iskun korostamiseksi. Ja tietenkin tempo oli koko ajana aivan älyttömän nopea.

Luovutin hetken kuluttua suosiolla ja rojahdin penkille istumaan. Pena sen sijaan yritti yhä sinnikkäästi tavoittaa taputuksillaan flamencon rytmin, ja uudet muusikkoystävämme kannustivat häntä huudahduksin.

- Señor? kuulin äkkiä vierestäni.

Käännyin katsomaan noin kymmenvuotiasta poikaa, joka napitti minua ruskeilla silmillään. Minua kohti ojentamassaan kädessä hänellä oli keskeltä taitettu paperinpala. Kurotin ottaakseni tarjotun lapun vastaan, mutta poika ojensikin toisen kätensä edellisen viereen. Oletin, että hänet oli laitettu toimittamaan viesti minulle, ja hän pyysi tehtävästään korvausta. Kaivoin housun taskustani muutaman pesetan, jotka annoin lapsikuriirille.

- Gracias, señor, poika sanoi, antoi paperin minulle, kääntyi ja lähti juoksemaan pois aukiolta.

- Mikäs se on? kysyi hengästynyt Pena ja lopetti taputusharjoituksensa.

- Ei aavistustakaan. Katsotaan, vastasin ja avasin lapun taitoksestaan. Luin englanniksi kirjoitetun tekstin ja aloin voida pahoin.

- Näytä, Pena sanoi nähdessään vääntyneen naamani. Ojensin viestin hänelle sanaakaan sanomatta.

"Jos haluatte nähdä amerikkalaistytön vielä hengissä, etsitte ja palautatte kullan."

KAHDEKSANTOISTA

Nopea käynti Trishan vuokra-asunnolla vahvisti epäilyksemme. Vuokraemäntä ei ollut nähnyt Trishaa aamulla, eikä itse asiassa kuullut hänen edes palaavan asuntoonsa edellisiltana. Ja keitä me oikeastaan olimme kyselemään hänen vuokralaisestaan yhtään mitään? Rouvalla oli mielestään hyvä syy epäillä meidänkin tarkoitusperiämme.

Pakitimme ulkoportaille ja tunsimme edessämme kiinni paiskautuvan ulko-oven aiheuttaman ilmavirran kasvoillamme. Nälkäisenä panin merkille, että ilmaan sekoittui myös keittiössä valmistuvan paellan tuoksu.

- Sinisimpukoita, haisteli Penakin arvostavasti. – Kuuluvat ehdottomasti andalusialaiseen paellaan, kuten mustekalan lonkerotkin.

Nyökkäsin kiitollisena tästä tiedosta. Olin ollut Espanjassa jo viikon, mutta en ollut vielä päässyt tätä paikallisherkkua maistamaan. Mutta nyt nälkä sai väistyä tuntemuksissani taka-alalle: kuka hyvänsä viestin oli minulle käskenyt toimittaa, oli todennäköisesti kaapannut Trishan yöllä kotioveltaan, ehkä juuri tältä samalta tasanteelta.

- Nyt saa parturilla luvan leikata, sanoin Penalle laskeutuessamme muutamat askelmat takaisin kadulle. Olin samaan aikaan sekä vihainen että epätoivoinen. Olihan minun vikani, jos Trisha oli siepattu. Jollen olisi sotkenut häntä kullanetsintään, hän olisi yhä vapaana. Parturimme saisi kertoa kaiken, minkä tiesi.

- Aivan, nyt ei pieni tasoittelu riitä, Pena vahvisti.

- Ongelmia? kuului takaamme porttikongista.

Pikkutakkiin pukeutunut Suopon agentti Esko Kyykkä katseli meitä hämärältä käytävältä kysyvästi. Siirryimme sinne.

- Kertokaapa nyt, miksi näytätte siltä kuin teille olisi juotettu purkilliset piimää.

- Trisha... se amerikkalaisneiti, taitaa olla siepattu. Mutta mitä sinä täällä teet?

- Huomasin eilen, että pari tuttua venäläistä lähti ajamaan peräänne, kun poistuitte Cartagenasta. Ajattelin seurata heidän Seatiaan ja katsoa, miksi.

Tunsimme Penan kanssa toisemme hölmöiksi.

- Me emme kyllä huomanneet heitä.

- Ei ihme, varjostustekniikat kuuluvat igoreiden peruskursseihin. Mutta niin kuuluvat minunkin. En usko, että hekään puolestaan havaitsivat minua.

- Hekö tämän kaappauksen takana ovat? kysyin.

- Miksi luulette, että kyse on kaappauksesta? Kyykkä vastakysyi.

Näytin hänelle tuntia aiemmin saamani paperilapun. Agenttimme tutki sitä tarkasti.

- No, siltä tosiaan näyttää. Ja venäläiset pitävät kultaerää omanaan, joten eiköhän heistä ole kyse.

- Luulevatko he, että tiedämme kullan olinpaikan? kysyin.

- No, heille on nyt tässä tilanteessa aivan sama, tiedättekö vai ette. He ovat nyt motivoineet teidät hankkimaan tuon tiedon. Vai olenko väärässä?

Nyökkäsin.

- Ihmettelenpä vain, mistä he ovat saaneet sen käsityksen, että voisitte tuon tiedon jäljille päästä, Kyykkä jatkoi.

Huokaisin ja päätin tunnustaa.

- Cartagenan sotilaskirjastosta löytyi tieto, jonka perusteella arvelemme täkäläisen parturin saattavan liittyä kullan häviämiseen.

- Sevillan parturin? Yrittäkääpä nyt valehdella hiukan kekseliäämmin. Agenttikoulutukseemme liittyy paitsi valheentunnistusta, myös musiikillisia kulttuuriopintoja. Tunnen kyllä Rossinin teokset.

- No se kuulostaa tietysti, miltä kuulostaa, mutta hänestä koko löytöretki sai alkunsa, vakuuttelin.

- Täällä toimii tosiaan parturi, joka oli viisikymmentä vuotta sitten mukana kullan siirto-operaatiossa Neuvostoliittoon. Häneltä me tästä koko hommasta kuulimmekin, Pena säesti.

- Jatkakaa, Kyykkä kehotti kiinnostuneena.

- Löysimme sotilaskirjaston arkistoista sataman lokikirjat syksyltä 1936. Niiden mukaan venäläislaivojen lähtöä seuranneena päivänä satamasta lähti vain yksi seitsemän ja puolen tonnin kultaerän siirtoon kykenevä kuorma-auto. Ja sen määränpää oli Sevilla.

- Parturimme kertoi nähneensä satamaan piilotetut sata laatikkoa itse, ja muuttaneensa Cartagenan tapahtumien jälkeen nimenomaan Sevillaan, Pena lisäsi.

- Rehellisesti sanottuna meillä ei ole muutakaan johtolankaa.

Kyykkä mietti hetken kuulemaansa.

- Haluatte varmaan lähteä tarkistamaan tuon johtolangan?

- Etkö aio tulla mukaamme?

- Venäläisveljekset seuraavat luultavasti liikkeitänne, joten en ota sitä riskiä, että he huomaavat minut. Tavataan tuossa vastapäisessä kahvilassa neljältä. Katsotaan silloin, mitä olette saaneet selville.

Käännyimme katsomaan, mitä kahvilaa hän tarkoitti. Sen paikallistettuamme käännyimme takaisin, mutta käytävä oli nyt tyhjä.

- Melkoinen Mustanaamio, sanoin.

- No, lähdetään katsomaan, kuuluuko parturimme poskeen hyvä vai paha merkki, Pena ehdotti.

YHDEKSÄNTOISTA

Miksen vain mennyt saman tien sisälle asuntooni, Trisha manasi mielessään. Sahalaitainen avain oli ollut hänellä jo kädessään. Sen kun olisi vain tökännyt sen lukkoon ja kääntänyt päättäväisesti vastapäivään. Jättänyt kuulemansa äänen huomiotta. Kenellä ulkomaalaisittain englantia ääntävällä muka olisi täysin viatonta asiaa hänelle keskellä yötä, vielä asunnon ulko-ovella?

Ajomatkan ajaksi hänen päänsä ympärille sujautettu huppu oli onneksi poistettu. Ranteita ympäröivä nippuside esti käsien liikuttelun, mutta oli hänet sentään jätetty tähän tyhjään huoneeseen jalat vapaina. Hän pinnisteli seisalleen. Liikkuminen oli aina auttanut Trishaa jäsentämään ajatuksiaan. Nytkin hän alkoi pyöriä ympäri neliönmuotoista, askeettista oleskelutilaansa ja yritti estää paniikkia saamasta yliotetta.

Trisha oli yöllä ulko-ovella kääntyessään tuntenut, kuinka nenäliinan tapainen oli painettu hänen kasvoilleen. Sitten kloroformin haju oli vaihtunut täydelliseen pimeyteen.

Trisha ei osannut sanoa, kauanko hän oli maannut lattialla tajuttomana. Nyt saattoi olla yhtä hyvin aamu kuin ilta. Tilassa oli vain yksi, korkealla sijaitseva ikkuna, joka oli ulkopuolelta peitetty puuluukuin. Sieltä kulkeutuvasta, kelmeästä valosta päätellen nyt ei ainakaan olisi aivan yö. Hän koetti kuunnella mahdollisia olinpaikasta tai ajankohdasta kertovia ääniä, mutta ainoa sellainen oli oven läpi kuuluva tuulettimen tai vastaavan laitteen hurina.

- *Hello? Perdon?* Trisha huusi oven läpi, mutta vastausta ei kuulunut.

Jos sieppaajat olisivat halunneet satuttaa häntä, he olisivat jo tehneet sen, Trisha vakuutteli itselleen. Häntä tarvittaisiin siis johonkin muuhun. Todennäköisesti siihen liittyisi lunnasvaatimuksia. Panttivanki tuntuikin nyt lähinnä vastaavan sitä kuvaa, mikä hänellä roolistaan oli.

Mutta miksi hän? Latinalaisessa Amerikassa rikkaaksi oletetun ulkomaalaisen sieppaus mehevien lunnasrahojen toivossa oli arkipäivää, mutta Espanjassa hän ei ollut moisesta harrastuksesta kuullut. Tämän täytyi jotenkin liittyä siihen vuosikymmenten takaiseen kultaryöstöön, jota hän oli tämän kummallisen suomalaismiehen innostamana ryhtynyt tutkimaan. Miksi hän oli muuten edes suostunut siihen?

Trisha tiesi, ettei asiaa voinut perustella järkisyin. Tämä hänen vasta muutama päivä aiemmin tapaamansa nuorimies, jota hän oli ensin luullut amerikkalaiseksi, oli lyhyessä ajassa herättänyt Trishassa oudon kiinnostuksen.

- Ja katso, mihin se sinut johti, Trisha totesi ääneen itselleen. Hänhän oli juuri ennen opiskelijavaihtoon lähtöään kihlautunut kotonaan Connecticutissa. Mark odotti USAssa malttamattomana hänen paluutaan. He menisivät naimisiin ja Mark saisi hyväpalkkaisen viran jossakin asianajotoimistossa. He saisivat lapsia, joita Trisha sitten jäisi Markin toivomuksesta kotiin hoitamaan. Moneksi, moneksi vuodeksi. Elämä arkipäiväistyisi, ja Espanjan kaltaiset seikkailujaksot haalistuisivat pian kaukaisiksi muistoiksi.

Sitähän tämä tietenkin oli. Trisha ei halunnut arkipäiväistyä. Ainakaan niin kauan, kun maailmalla oli tarjota hänelle uusia, kiehtovia elämyksiä. Vaihto-opiskelijana Trishan silmät olivat avautuneet aivan uudella tavalla. Elämää oli Connecticutin ulkopuolellakin, ja vieläpä hyvin kiinnostavaa. Erilaista. Kiehtovaa. Siksi hän oli tiedostamattaan antanut itselleen luvan kiinnostua tästä töksähtelevää englantia puhuvasta, harmonikkaa kylmässä kotimaassaan soittavasta kummajaisesta.

Mutta mitä hän oikeastaan tiesi tästä suomalaisesta? Yhdessä vietetyt ajat puistossa, automatkoilla ja vankityrmässä olivat paljolti liittyneet tähän kullanetsintään, joka Kalervollekin oli tipahtanut tehtävänä eteen pyytämättä ja yllätyksenä. Nyt kun hän tarkemmin ajatteli, koko kaveri tuntui itse asiassa tipahtaneen niin Espanjaan kuin Trishan elämäänkin samoilla saatesanoilla. Siitä huolimatta hän olisi ollut enemmän kuin iloinen, jos ovi olisi nyt avautunut ja Kalervo olisi astunut sisään.

Trisha huomasi, että häntä janotti, mutta pienessä huoneessa ei ollut vesipistettä. Eikä hän kädet sidottuina olisi sellaista pystynyt käyttämäänkään. Rottinkinen tuoli näytti olevan tilan ainoa huonekalu. Trisha istuutui sille ja jäi odottamaan, mitä tuleman pitäisi.

KAKSIKYMMENTÄ

Parturi oli juuri ripustamassa liiketilansa oveen siestan alkamisen merkiksi "*Cerrado*"-kylttiä, kun ryntäsimme paikalle. Työnsin vastustelevan ukon sisälle huoneeseen ja lukitsin oven takanani.

- *Vaya, señores finlandeses*, kuinka voin auttaa? ärtynyt parturi tiuskaisi.

- Voit aloittaa vaikka kertomalla, missä ne sata kultalaatikkoa ovat! äyskäisin takaisin.

Parturi huiskaisi syyttävän sormeni sivuun ja tihrusti minua tutkivasti.

- Mitä tarkoitat? Mitä saitte selville Cartagenassa?

Päätin bluffata.

- Kulta siirrettiin kuorma-autolla pois satamasta sunnuntaina, 26. lokakuuta 1936. Kuorma-auton päämääränä oli Sevilla, ja sinut on kirjattu auton kuskiksi.

- Minut? Ei voi pitää paikkaansa! Eihän minulla ole edes ajokorttia!

- Ei kai autoa kortilla ajeta? yritin vielä. Parturi huokasi ja puisteli päätään.

- No sehän meni hyvin, Pena totesi minulle.

Olin vetänyt vesiperän, mitä se sitten ikinä tarkoittikaan. Trishan kohtalo oli käsissämme, eikä meillä ollut aavistustakaan, mistä hankkia hänen sieppaajiensa himoitsema tieto kullan olinpaikasta. Lysähdin istumaan parturintuoliin.

- *Cerrado. Closed.* Parturi viittilöi minua poistumaan tuolista ja arvatenkin koko kiinteistöstä.

- Mennään, Pena sanoi.

- Että näinkö me sitten vain luovutamme? kysyin häneltä päästyämme ulos kadulle.

Pena ei vastannut, vaan kehotti minua kädenliikkeellä jatkamaan matkaa. Päästyämme lähimmän kulman taakse hän pysähtyi.

- Odotetaan tässä hetki. Hiustaiteilijallamme ei ole niin sanotusti puhtaat puuterit pussissa. Tunnen sen.

- Mitä tarkoitat? kysyin.

- Huomasitko hänen ilmeensä, kun komensit häntä kertomaan laatikkojen olinpaikan? Äijä näytti aivan siltä, kuin olisi juuri tajunnut paljastuneensa.

- Mikäs ilmeiden tulkitsija sinusta on tullut?

- Siperia – tai tässä tapauksessa Meksiko – opettaa. Carménilla oli juuri sama ilme, kun syytin häntä hetken mielijohteesta syrjähypystä naapurin Eduardon kanssa. Kiukuspäissäni sen heitin, mutta oikeaksi osoittautui.

- No jopas. Ja nyt arvelet, että parturimme olisi myös hetken pelännyt kärynneensä?

Toivonkipinä oli ohut, mutta esilläolevista paksuin. Ellei ainoa. Jäimme kulman taakse tarkkailemaan, syntyisikö parturin ovelle vielä liikettä.

Kauaa ei tarvinnutkaan odottaa. Liikkeen ovi avautui, ja ulkotakkiin sekä kapealieriseen hattuun sonnustautunut parturimme astui ulos. Hän lukitsi oven, katsoi kumpaankin suuntaan ja nilkutti kadun yli. Toiselle puolelle päästyään hän vilkaisi vielä molempiin suuntiin, ennen kuin lähti jatkamaan matkaansa meistä poispäin.

Pena oli juuri lähtemässä hänen peräänsä, kun havaitsin silmäkulmassani liikettä.

- Odota, kehotin Penaa.

Kadun varteen pysäköidyn Seat Málagan ovet aukesivat, ja autosta nousi kaksi tummanpuhuvaa hahmoa.

- Minähän olen nähnyt tuon kaksikon jossain! Odotas... aivan, Alhambran linnassa! Muistatko? kuiskasin Penalle.

- Tarkoitatko niitä kivikasvoja, joihin melkein törmäsimme?

- No juuri heitä! Sama autokin! Ja Kyykkähän sanoi, että Cartagenasta meitä lähti seuraamaan nimenomaan Seat Málaga.

- Enpä yllättyisi, jos kavereiden puheessa kuultaisi vahva venäläinen aksentti.

Synkkä kaksikko ei ympärilleen katsellut, vaan lähti seuraamaan parturiamme pienen välimatkan päästä.

- Eiköhän liitytä jonoon, sanoin Penalle. Jos tässä oli Trishan siepannut kaksikko, en halunnut päästää heitä silmistäni.

Kuin viisi pientä elefanttia marssimme pitkin Sevillan iltapäiväauringon lämmittämiä katuja eteenpäin. Nilkuttava espanjalaisherra edellä, kaksi ilotonta venäläistä hänestä viitisenkymmentä metriä perässä, ja meidän hermostunut suomalaisduomme heistä puolen korttelin verran jälkeen jättäytyneinä. Koska lastenlaulusta poiketen matka ei ollut varsinaisesti hauska, toivoimme, ettei venäläiskaksikko äityisi myöskään pyytämään mukaamme yhtään toveriaan.

- Mitä, jos Adulfo on vain matkalla kotiinsa lounaalle? sanoin Penalle.

- Hyvin mahdollista, mutta ehkä meidän on hyvä seurata häntä jo ihan noiden hymypoikienkin vuoksi. He haluavat ehkä esittää parturille samat kysymykset kuin mekin, mutta painokkaammin.

- Ehdotatko siis, että menemme seuraksi ottamaan venäläisiltä turpaan, niin Adulfosta ei tunnu niin yksinäiseltä?

Sanaillessamme hukkasimme varjostettavamme. Seuraavasta kadunkulmasta käännyttyämme edessämme oli vain siestan tyhjentämä, kapea katu. Kolme-nelikerroksiset seinät eivät paljastaneet muuta kuin osin rapautuneet, moniväriset julkisivunsa.

- Minne he katosivat? mutisin ääneen. Pena totesi, että muistutin ulkomuodoltani erehdyttävästi hänen naapurikunnastaan Äimästä lähtöisin olevaa käkeä.

- Heidän on täytynyt mennä sisään jostakin näistä kadun alkupään ovista, järkeilin kommentoimatta edellistä.

Mutkaiselle kadulle olisi mahtunut vain yksi ajoneuvo kerrallaan, joten karavaanimme alkupää oli voinut hävitä kummalle puolelle katua tahansa. Pompimme katua reunustavilta jalankulkukorokkeilta toisille keksiäksemme, mitä sen lukuisista ovista tähän oli käytetty. Katutason ikkunoissahan oli luottavaiseen sevillalaiseen tapaan sekä peltiset rulot että rautaiset kalterit, joten ne saattoi jättää pois laskuista.

Äkkiä jostain kaukaa rakennusten sisältä kuului aivan selvä laukaus. Pena osoitti kadun itäpuolella olevaa vihreää, metallista pariovea, joiden yläosia koristivat tuuletusritilät. Ryntäsin sen luo ja kokeilin ovessa olevaa, pyöreää aukaisunuppia. Se kääntyi ja ovi aukesi.

- Oletko varma, että se kuului täältä? kysyin Penalta.

Samassa kuului toinen laukaus, ja ääni tuli tällä kertaa hyvin selvästi juuri avaamani oven sisäpuolelta.

Tässä kohden järkevä ohikulkija olisi sulkenut oven ja poistunut vihellellen paikalta, mutta meillä ei tainnut olla mahdollisuutta toimia aivan niin järkevästi.

- Minä menen sisään, jää sinä tänne, sanoin.
- Syöksy sinä, minä syön mustikoita, Pena vastasi.
- Mitä? kysyin kulmat kurtussa.
- Inttimuistoja. Mene nyt, minä vahdin tässä.
Hiivin sisään pimeään käytävään.

Silmieni sauvasolujen kesti hetken oivaltaa, että heitäkin Andalusian auringon alla joskus tarvittiin. Sen jälkeen ne alkoivat pontevasti tuottaa tietoa hämärän käytävän suunnasta ja muodosta. Lattia vaikutti olevan kivi- tai tiililaattaa, ja astelin sillä varovasti eteenpäin, jotten tuottaisi liikaa ääntä.

Käytävän perällä oli portaikko alas oikealle. Seinässä vaikutti olevan valokatkaisijakin, mutta en uskaltanut käyttää sitä. Avonaisesta ulko-ovesta siintävä valo riitti juuri ja juuri erottamaan askelmat, joita laskeutuessani totesin olevan kymmenkunta.

Alhaalla käytävä jatkui matalana ja kapeana. Minun oli huonon näkyvyyden ja pienen elinajanodotuksen lisäksi huomioitava edetessäni katonrajaan metallipulteilla kiinnitetyt lämpö- ja vesiputket. Niissä ja pääni sisässä virtaavien aineiden kohinan lisäksi käytävästä ei kuulunut muuta.

Tunsin kädessäni kiviseinässä olevan kulman. Tila laajeni isommaksi, mutta viimeinenkin valonkajo himmeni samalla olemattomaksi. Kompastuin johonkin, ja kaaduin jonkinlaisen mytyn päälle.

- Helvetti! minulta pääsi ja tilaan syttyi valo.

Nostin vaistomaisesti käden silmieni suojaksi ja käänsin katseeni kohti lattiaa. Lennähdin metrin taaksepäin tajutessani, minkä päälle olin kaatunut. Venäläiskaksikon toinen hymytön osapuoli makasi vieressäni nyt kaikin tavoin ilmeettömänä. Otsassa olevasta mustasta reiästä valui verta paikalleen jähmettyneen, avoimen silmän päälle.

- *Que hace Usted aquí?* kuulin Sevillan parturin äänen sanovan.

Pystyin vaivoin irrottamaan katseeni kuolleesta venäläismiehestä ja siirtämään sen valoa tulvivassa oviaukossa seisovaan hahmoon. Kun silmieni tauolla olleet tappisolut olivat puolestaan palanneet töihin näin, että hahmolla oli kädessään pistooli, joka osoitti minua.

- *Ven aquí,* parturi komensi. Nousin ylös ja raahustin hänen luokseen.

- Miksi pistooli? kysyin englanniksi, kun mielestäni tarpeeton tähtäily ei ottanut loppuakseen.

- Älä kysele. Astu sisään.

Siirryin oviaukosta valaistuun huoneeseen. Toinen venäläismiehistä istui lattialla polveaan pidellen ja pahasti irvistäen. Katsoin parturia ihmeissäni.

- Mitä hänelle on tapahtunut?

- Sido haava, parturi sanoi vastaamatta kysymykseen ja heitti minulle sideharsorullan. Mieleni teki todeta näsäviisaasti, että "mikäpä siinä, olenhan koulutusta vaille valmis lääkäri", mutta koska ase osoitti edelleen sinnikkäästi minuun, aloin tehdä työtä käskettyä. Haavasta pulppuava veri oli värjännyt polven ympäri kiedotun t-paidan punaiseksi. Kuulemani perusteella arvelin ihon rikkoutumisen syyksi polven läpi ammutun luodin. Aloittamatta jääneistä lääketieteen opinnoistani huolimatta diagnosoin itsekseni, että tämä kaveri ei hetkeen kävelisi. Kiedoin sideharsoa useita kierroksia polven ympäri, ennen kuin päätin kiinnittää sitä välillä.

- Onko täällä teippiä? kysyin, mutta sain vastaukseksi vain ovenkolahduksen ja sen perään lukossa kääntyvän avaimen naksahduksen. Nousin ylös, ryntäsin ovelle ja koetin avata sen. Ei onnistunut. Sevillan parturi oli lukinnut minut huoneeseen tämän verta vuotavan kivikasvon kanssa.

- Kuka olet? kysyin uudelta huonetoveriltani englanniksi samalla, kun palasin harsokierrosten lisäämisen pariin. Alemmat kerrokset olivat jo värjäytyneet punaisiksi.

- Ei kuulu sinulle, mies vastasi vahvasti englantia murtaen.

- Oletko venäläinen?

Hikoileva ja kärsivän oloinen hahmo ei vastannut, josta päättelin osuneeni oikeaan.

- Tapasin kaverisi äsken, tuolla toisessa huoneessa. Hänkään ei puhunut mitään. Eikä tule puhumaankaan.

Mies tuijotti minua hetken, tajusi viestini sisällön ja antoi päänsä vaipua alas.

- Kuka hänet ampui? kysyi aavistaen vastauksen.

- Se vanha mies, kämppikseni yllättäen avautui.

- Miksi? Muuten vain?

Keskusteluikkuna sulkeutui yhtä yllättäen kuin oli avautunutkin. Kyseessä ei kuitenkaan välttämättä ollut pelkän tuuletusikkunan raotus, sillä hiljaisuus johtui siitä, että verenhukasta kärsivä korsto menetti tajuntansa. Juuri, kun olin aikeissa tivata häneltä Trishan olinpaikkaa.

Mies ei siis saanut ainakaan menehtyä. Totesin kuitenkin nopeasti, että haavan sitomisen lisäksi en voinut hänen hyväkseen enempää tehdä. Vanhan suomalaisen sanonnan mukaan pojan hankkiminen voisi tehdä tälle läpiammutulle jalanosalle hyvää, mutta mistäpä sellaista tähän hätään potilaalle järjestyisi. Niinpä nousin ylös tarkastellakseni sairashuonetta tarkemmin.

Kyseessä oli jonkinlainen matala varastotila. Kahdelle seinälle oli rakennettu puiset hyllyköt, joilla oli pesuaineita, vaahtomuovirullia ja pahvilaatikkoja täynnä sekalaista tavaraa. En kuitenkaan heti keksinyt niiden seasta mitään sellaista, jolla käydä oven kimppuun.

Sitten huomioni kiinnittyi kolmannen seinän vieressä lojuvaan, puiseen laatikkoon. Se oli noin metrin levyinen, puolisen metriä korkea ja saman verran syvä, kannellinen ja lukoilla varustettu. Laatikon kyljessä oli valtiolliselta vaakunalta vaikuttava leima. Pulssini kiihtyi, kun tajusin, mitä sen sisältö saattaisi olla.

Lukot olivat auki. Vilkaisin vielä tajutonta venäläistä lattialla ja nostin laatikon kantta. Juuri kiihtynyt pulssini tuntui seisahtuvan. Laatikko oli puolillaan kimaltavia, kultaisia kolikoita. Dollareita, pesoja, frangeja, puntia, markkoja, liiroja, escudoja ja ruplia.

KAKSIKYMMENTÄYKSI

Pena oli juuri huutamaisillaan Kalervon nimen, kun käytävästä kuuluvan äänen luonne sai hänet muuttamaan mieltään. Lähestyvät askeleet kuuluivat ontujalle, eivät Kalervolle. Jollei tämä nyt sitten ollut kompuroinut pahasti pimeässä käytävässä. Varmuuden vuoksi Pena ei mennyt oviaukolle tulijaa vastaan, vaan kumartui kadulle pysäköidyn Renault 11:n taakse. Espanjan myydyimpänä automallina se ei juuri herättänyt katukuvassa huomiota.

Oviaukosta kadulle kompuroiva hahmo oli Adulfo. Ulos tultuaan tämä sulki metallisen oven perässään, lukitsi sen ja lähti jatkamaan matkaansa Guadalquivir-joen suuntaan. Pena kävi kokeilemassa, aukeaisiko ovi. Se oli kuitenkin visusti lukossa, eikä lähistöllä näkynyt lojuvan sorkkarautaa, kuten elokuvissa tällaisissa tilanteissa yleensä tapahtui.

Pena ei uskaltanut huutaa Kalervon nimeä, koska huuto kaikuisi kapean kadun kiviseiniltä toisille ja klenkkaava viiksimestari saattoi olla vielä kuuloetäisyydellä. Hän katsoi kelloaan: yli puoli tuntia Kyykän kanssa sovittuun tapaamisaikaan. Pena päätti seurata parturia sen aikaa, että näkisi, minne tämä menee.

Mies nilkutti joelle asti. Siellä hän vilkaisi sivuilleen varmistaakseen, etteivät harvalukuiset iltapäiväkävelijät joen penkalla kiinnittäneet häneen huomiota, otti jotain taskustaan ja nakkasi sen jokeen. Sitten Penalle tuli kiire piiloutua kioskin lehtitelineen taakse, sillä parturi kääntyi ympäri ja palasi hetken aikaa samaan suuntaan, mistä oli tullutkin. Muutaman korttelin kuljettuaan tämä vihdoin kääntyi sisään keltaseinäiseen rakennukseen. Talon ulkomuodosta nurkan takan piilotteleva Pena päätteli, että siinä sijaitsi todennäköisesti parturisedän asuinhuoneisto. Ukko oli selvästikin menossa sinne viettämään siestaansa, päivän alkupuoliskon aktiviteettien uuvuttamana. Mitä ja kuinka päivänvaloa kestämättömiä nekään sitten olivatkaan.

Pena palasi vihreälle pariovelle ja huusi pari kertaa Kalervon nimeä sen metallisten tuuletusritilöiden läpi pimeään käytävään. Ei vastausta.

Pena päätti olla panikoitumatta ja järkeili, että nyt tarvittaisiin Suojelupoliisia. Ikävä tunne vatsanpohjassaan hän lähti kävelemään ripeästi takaisin kohti korttelia, jossa sekä Trishan vuokra-asunto että sitä vastapäätä oleva, tapaamispaikaksi sovittu kahvila sijaitsivat. "Toivottavasti Suopon agenteilla on tapana olla tapaamisissa ajoissa", Pena ajatteli harppoessaan pitkin siestan ajaksi hiljentyneitä, aurinkoisia katuja.

Kuten useimmilla Sevillan asuinlähiöiden kahviloilla tälläkään ei ollut ainakaan kyltiksi asti inkarnoitunutta nimeä. Kahvilaksi sen tunnisti kuitenkin "Cruzcampo"-tekstein varustetuista markiiseista ja päivänvarjoista. Pari pöytää oranssisine metallituoleineen oli nostettu sen ulkopuolelle, mutta niillä ei istunut oluen- tai kahvinjuojia. Valkoiseksi maalatussa tiiliseinässä ulko-oven vieressä roikkui liitutaulu, johon oli käsin kirjoitettu päivän lounastarjoilu, *platos del día.*

Pena sivuutti sen ja astui sisään kahvilan vihreäkarmisesta lasiovesta.

Penan pettymykseksi agentin aikataulu ei tuntunut sallivan ajoissa saapumista. Hän tilasi odottaessaan tiskiltä paahtoleivän kinkulla ja kahvin. Erilaiset *pan tostadat* olivat sevillalaisille aamiaisruokaa, mutta pahan työttömyyden piinaamassa kaupungissa ulkomaalaisille myytiin, mitä he halusivat ja mihin aikaan vain.

Kahvi ilmestyi tiskille pienen posliinilautasen päälle asetetussa, korkeassa juomalasissa. Lasin viereen oli asetettu valkoinen paperipussillinen sokeria ja lusikka sen sekoittamista varten. Pena otti sommitelman mukaansa pöytään ja jäi odottamaan paahtoleivän lämmitystä.

Kahvila oli espanjalaisen konstailematon. Baaritiskin lisäksi kalusto koostui kolmesta tummanruskeasta, pyöreästä pöydästä, joiden ympärillä oli vaalenruskeita jakkaroita. Lattia oli suuriruutuista kaakelia. Myytävä eines hintoineen oli dokumentoitu mustapohjaisille liitutauluille tiskin takana olevalla seinällä. Pena tuijotti tauluja hajamielisesti, kunnes sai lämmitetyn kinkkuleipäannoksen eteensä. Nyt ei oltu gourmet-ravintolassa; *jamón serrano* näkyi olevan voittopuolisesti valkoista. No, ihrassa on energiaa, Pena tuumi ja alkoi survoa tätä tuskin edes yhden *bellotan* laatuista annosta suuhunsa.

- Läski maistuu? kuului hänen takaansa. Perhanan agentti, oli jälleen ilmestynyt aivan äkkiarvaamatta paikalle, mietti säikähdystään peittelevä Pena.

- Missäs Lähdesmäki? Kyykkä jatkoi ja istuutui pöytään Penaa vastapäätä; niin, että hän näki samaan aikaan sekä ulko-oven että keittiöön johtavan, puuhelmistä tehdyn oviverhon peittämän kulkuaukon.

- Lahdenmäki, Pena korjasi. – Pelkään, että hänelle on sattunut jotakin.

Pena summasi Kyykälle nopeasti iltapäivän tapahtumat.

- Jätä silavat siihen, Kyykkä komensi. – Mennään katsomaan sitä kellaria.

Pena oli ravannut jalkaisin pitkin kaupunkia koko päivän, joten hän otti tyytyväisenä vastaan tiedon, että Kyykkä oli liikkeellä vuokra-autolla. Tulipunainen Audi Quattro erottui selvästi kadunvarren pysäköintijonosta.

- Luulin, että te agentit pidätte matalaa profiilia, Pena huomautti istuutuessaan kaksiovisen urheiluauton apukuskin paikalle.

- Luulit väärin, Kyykkä kuittasi ja starttasi Quattron. Sen 200 hevosta hirnahtivat iloisesti.

Taival ei urheiluautolla kestänyt kauaa. Parturiliikkeen ohittaessaan Kyykkä pani merkille kadun varressa yhä seisovan Seat Málagan.

- Itänaapurin pojat eivät ole palanneet autolleen, hän sanoi.

- Mitä se tarkoittaa?

- No esimerkiksi sitä, että kaveriasi etsiessämme saatamme törmätä heihinkin. Pidetään siis silmät auki.

- Hassua. Ajattelin juuri sulkea ne ja kuvitella olevani jossakin muualla, Pena sanoi.

- Tee se joskus toiste. Missä sen oven pitäisi olla?

Pena katseli ympärilleen ja tunnisti kohta kadun, jota pitkin he olivat seurattaviaan varjostaneet.

- Tuolla pätkällä, missä seinä on rapattu keltaiseksi.

Kyykkä pysäköi Audin vihreän parioven kohdalle. Pena nousi autosta ja kokeili ovea.

- Lukossa on.

- Väistä, kehotti agentti. Hänellä oli kädessään Audin takakontista ottamansa sorkkarauta.

- Niinpä tietysti, Pena sanoi ääneen.

- Mitä? Kyykkä kysyi.

- Ei mitään, ole hyvä vaan.

Kyykkä vilkaisi, ettei kadulla ollut muita, työnsi teräksisen siansorkan pariovien väliin ja väänsi. Metalli kirskahti metallia vasten, mutta lukko piti. Kyykkä kokeili raudan toista päätä.

- Auta, hän komensi Penaa.

Yhdessä he painoivat sorkkaraudan vartta kohti parioven lukotonta puoliskoa. Äkkiä ovi lensi rämähtäen auki, lukkopesä kauas käytävään ja kaksikko rähmälleen katukiveykselle.

Kyykkä toipui ensimmäisenä ja nousi seisaalleen.

- Lakisääteinen lepotauko on ohi, hän sanoi ja veti Penankin jaloilleen.

Miehet astuivat käytävään ja kuulostelivat hetken hiljaisuutta. Sitten Kyykkä vinkkasi Penaa seuraamaan ja lähti etenemään ripeästi kohti käytävän perällä odottavaa portaikkoa. Alas oikealle vievän portaikon yläpäässä oli valokatkaisin, josta Kyykkä käänsi alakerran käytävän hehkulamppuvalaistuksen päälle. Käytävän katossa roikkui myös nippu erikokoisia putkia, joita heidän piti kävellessään väistää.

Äkkiä Kyykkä nosti vasemman kätensä ylös pysähtymisen merkiksi. Pena näki, että oikeassaan agentilla oli edelleen sorkkarautansa. Hän kurkisti Kyykän ylösojennetun käden vierestä ja näki, että mutkan takaa lattialla pilkisti kenkä. Joka oli sen asennosta päätellen voinut olla mahallaan makaavan henkilön jalassa.

Kyykkä astui pari askelta ja potkaisi kenkää kevyesti. Se heilahti hiukan, mutta palasi alkuasentoonsa. He kiersivät kengän ympäri käytävän lopettavaan, isompaan huoneeseen. Kenkä todellakin oli mahallaan makaavan henkilön jalassa. Pena tunnisti, että henkilö oli toinen venäläisistä, joita he olivat Kalervon kanssa seuranneet. Ja hän oli hyvin hengetön.

Otsaa koristavasta reiästä valunut verinoro oli hyytynyt mönjäksi kasvojen vasemman puolen päälle.

- Huh! Onpa näky, Pena kommentoi.
- Yksi varottava vähemmän, Kyykkä sanoi pragmaattisesti.

Katsoakseen muualle Pena katsoi muualle, ja äkkäsi huoneen toisella puolella olevan oven. Pena koetti sen kahvaa; ovi oli lukossa.

- Jaha, Sesam, tuli taas töitä. Pena huomasi, että Kyykkä oli antanut työkalulleen varsin helpostimiellettävän lempinimen ja väistyi tällä kertaa ilman eri komentoa. Suojelupoliisin agentti asetteli työkalun taas työskentelyasentoon ja väänsi. Tällä kertaa lukko räsähti auki ensimmäisellä yrittämällä.

KAKSIKYMMENTÄKAKSI

Joku oli tulossa huoneeseen. Kuulin, kuinka ovea raplattiin. Ryntäsin hyllyllä olevan pahvilaatikon luo katsomaan, olisiko siellä jotakin itsepuolustukseen soveltuvaa. Ehdin tarrata käteeni laatikossa olleen silikonipuristimeen, kun oven lukko repesi liitoksistaan ja ovi repäistiin auki.

- Kalervo! joku huusi juuri, kun kohotin puristimen lyödäkseni sillä sisääntulijaa.

- Pena? Ja Kyykkä? Saakeli, olin juuri aikeissa nuijia teidät hengettömiksi!

- Ai tuolla? naurahti Supon agentti.

Vilkaisin noloa lyömäasettani ja laitoin sen takaisin hyllyyn. Pena ja Kyykkä huomasivat lattialla uinuvan huonetoverini.

- Onko hänkin...? Pena aloitti lauseen.

- Kuollut? Ei tietääkseni. Iloinen parturimme ampui häntä polveen ja pisti minut hoituriksi. Rullasin kilometrin sideharsoa polven ympärille, jonka jälkeen kaverilla meni taju.

- Ampui? Kyykkä toisti.

- Kyllä. Sitä toista venäläistä hän osui hiukan fataalimmin.

- Jep, huomasimme kyllä. Mutta miksi ikämies nyt sillä lailla alkoi riehua? Kyykkä mietti ääneen.

- Huvin tai urheilun vuoksi. Tai sitten tuon takia, sanoin osoittaen sivuseinällä olevaa puulaatikkoa.

Menin kirstun luo ja avasin sen kannen.

- Oolsprait! Pena henkäisi.

- Kautta Tiitisen, Kyykkäkin äimisteli, kahmaisi laatikosta kourallisen kultakolikoita ja antoi niiden lipua sormiensa läpi. Sitten hän katsoi yhtä kolikoista, Hollannin guldenia tarkemmin.

– Vuosiluvusta päätellen tämä lienee osa sitä kadonnutta kultaerää.

- Ja tämä varasto kuuluu parturillemme. Onko hän siis huijannut meitä? Ovatko loputkin laatikot hänellä? mietin ääneen.

- Ilmeisesti, Kyykkä nyökkäsi. Sitten hän suoristautui seisomaan.

- Onko täällä jätesäkkiä tai muuta vastaavaa? Meidän täytyy hankkiutua eroon tuosta viereisen huoneen ruumiista.

- Meidän? kysyin tyrmistyneenä.

- No kunhan hiukan autatte alkuun. Suojelupoliisi hoitaa loput. Vastavakoilun tyyppejä on aiemminkin hävitetty katukuvasta varsin huomaamatta.

Kylmän sodan realismi iski naamalleni kuin märkä rätti. Palasin hyllylle penkomaan siellä olevia pahvilaatikoita, ja löysin kuin löysinkin yhdestä niistä puolikkaan rullan mustia, kahdensadan litran jätesäkkejä.

- Onko täällä teippiä? Kyykkä tiedusteli.

Katsoin lattialle lentänyttä lukkopesää. Kun sama kysymys oli edellisen kerran täällä esitetty, ovi oli mennyt lukkoon. Tällä kertaa sama ei toistuisi.

- Jeespoks, kuittasi Pena ja nosti yhdestä laatikosta esiin löytämänsä, leveän pakkausteipin.

Menimme Kyykän perässä naapurihuoneeseen ja paketoimme siellä olevan roikaleen kahteen säkkiin, jotka teippasimme keskeltä toisiinsa kiinni. Sen jälkeen raahasimme velton pakettimme vaivalla käytävälle, portaikkoon ja lopulta ulos rakennuksesta. Siestan aika oli loppumaisillaan, mutta saimme punnerrettua kantamuksemme Audin takakonttiin ilman, että kukaan ohikulkija olisi ollut kiinnittämässä tapahtumaan huomiota.

- Että tällainen kyyditys tällä kertaa? huohotin Quattron kylkeen nojaten.

Kyykkä ei vastannut retoriseksi tulkitsemaansa kysymykseeni, vaan antoi hänkin hengityksensä hetken tasaantua.

- Mitäs sille toiselle pensasneuvostoliittolaiselle tehdään? Pena tiedusteli vuorostaan, istuma-asennosta katukiveykseltä.

Kyykkä mietti hetken.

- Hänet täytyy hommata johonkin sairaalaan, se on selvä. Naton tukikohdassa Rotassa on sotilassairaala, jonne hänet voisi siviilien huomaamatta toimittaa. Sinne on täältä matkaa hiukan toistasataa kilometriä.

- Naton? Eihän meillä ole mitään tekemistä Naton kanssa?

Kyykkä katsoi minuun hitaasti. Ymmärsin olla tiedustelematta asiasta enempää.

- Okei. Selvä. Hänet täytyy saada kuitenkin kuntoon, koska hän on nyt ainoa, joka tietää Trishan olinpaikan.

- Jenkkipanttivangin liittyminen tapaukseen helpottanee kyllä byrokratiaa Rotassa, Kyykkä spekuloi.

- Haetaan kaveri kyytiin. Takapenkillä voi tulla kyllä ahdasta, hän jatkoi.

- Apus etupenkki! Pena hihkaisi. Hän vaikutti olevan innoissaan päästessään muutaman ulkomaanvuoden jälkeen maistelemaan äidinkielensä omituisia muotisanontoja suussaan.

- Entä parturi? Ja kulta? kysyin Kyykältä.

- Totta. Setä miettinee nyt, mitä tehdä teille ja palannee kohta suunnitelmansa kanssa tänne. Hoidetaan siis se venäläinen nyt ensin pois varastosta.

Palasimme käytävien kautta takaisin kellarivarastoon. Menin ensimmäisenä ja näin jo kauempana oviaukosta, että takahuoneessa olevan kultalaatikon kansi oli auki, vaikka muistin sulkeneeni sen. Pahaa aavistaen astuin sisään huoneeseen. Lattia oli tyhjä.

- Se kaveri on poissa! huusin takanani tuleville.

Kyykkä työntyi ohitseni huoneeseen.

- Helvetti sentään. Hänen on täytynyt teeskennellä tajutonta ja livahtaa ohitsemme, kun lastasimme hänen työpariaan autoon.

- Sille polvella? Aikamoinen saavutus, sanoin.

- Venäläisagentit opetetaan kyllä kestämään kipua, voit olla varma siitä.

Kyykkä äkkäsi myös avoimen kolikkokirstun, kääntyi takaisin käytävään ja viittasi meitä seuraamaan.

- Hän näkyy napanneen myös hiukan pelimerkkejä mukaansa. Ehkä todisteeksi. Ei noilla ainakaan taksimaksuja maksella. Äkkiä nyt, voimme saada hänet vielä kiinni!

Kyyristelimme puolijuoksua jo ties kuinka monennen kerran matalaa käytävää pitkin takaisin kadulle. Venäläisestä ei näkynyt merkkiäkään.

- Hän pyrkii varmaan autolleen, Kyykkä huusi ja hyppäsi sisään Audiinsa. Pena survoitui suosiolla sen etuovesta takapenkille, itse vääntäydyin etupenkille juuri samalla hetkellä, kun Kyykkä runnoi peruutusvaihteen päälle ja nosti kytkintä. Neliveto ulvahti, vingahti ja sinkoutui taaksepäin edelliseen kadunkulmaan. Siellä Kyykkä jarrutti ja käänsi nokan vauhdissa kohti parturiliikettä vievää katua. Aloin käsittää, miksi Hannu Mikkola oli pärjännyt samaisen automallin ralliversiolla niin hyvin, aina maailmanmestaruuteen asti.

Jatkoimme matkaa etuperin, ja Kyykkä vilkutteli Audin ajovaloja varoitukseksi vastaantuleville. En tiennyt, mikä Sevillan kaupungin nopeusrajoitus oli, mutta veikkasin ylittävämme sen noin kolminkertaisesti. Lisäsin ajatuksissani siestan hyvien puolien listaan pienemmän riskin kolareihin kaupunkiolosuhteissa.

Valitettavasti siesta alkoi tältä päivältä olla ohi, ja kauppaliikkeet availivat jo oviaan. Onneksi neliveto kykeni näemmä väistämään jalankulkijoita myös nelipyöräluisuin. Samalla sen onnistui pitää meidät todennäköisemmin ajouralla kuin kaksipyörävetoiset serkkunsa.

Sikäli, kun pystyin järjettömässä vauhdissa ympärilleni katselemaan, en nähnyt matkalla yhtään reikäpolvista venäläistä agenttia ontumassa kohti ajoneuvoaan. Niinpä en hämmästynyt, kun Audi pysähtyi kaksi minuuttia myöhemmin jarrut kirskuen ja kumi käryten kadun varteen pysäköidyn Seat Málagan eteen.

- Perhana, hän on paennut jonnekin muualle, Kyykkä manasi.

- Ja vienyt tiedon Trishan olinpaikasta mukanaan, lisäsin.

Harmistunut agentti nousi autosta ja käveli kadun toisella puolella olevaan puhelinkioskiin.

- Ei taida soittaa Neiti Ajalle, Pena arveli.

Kyykkä elehti puhelimessa hetken sangen eteläeurooppalaiseen tyyliin ja paiskasi sitten kuulokkeen kannakkeeseensa. Audin viereen palasi kuitenkin ulospäin täysin tyyni Suojelupoliisin asiamies sytyttämään tupakkaansa.

- Saako kysyä, minne soitit? tiedustelin häneltä avaamastani ikkunasta.

- Interpolin paikalliselle poliisiedustajalle. Olipa hankala suostutella häntä yhteistyöhön. Mutta *Policía Nacional* tulee kohta hakemaan tämän venäläisen ruumiin auton takaluukusta.

- Tuota... ovet kultarahakätkölle ovat auki, eikö meidän pitäisi mennä sinne? kysyin.

- Ja haluammeko edes olla täällä, kun poliisi tulee? Pena komppasi takapenkiltä.

- Emme tietenkään jää odottamaan. Sanoin, että poliisi noutaa ruumiin auton takaluukusta. Tuon Seatin takaluukusta, Kyykkä vastasi osoittaen venäläisten käyttämää Málagaa.

Nousimme agentin kehotuksesta ulos Audista, avasimme sen takaluukun ja aloimme äheltää ruumispussia ulos. Kyykkä askarteli sillä välin Seatin takaluukun parissa. Kohta se ponnahtikin iloisesti auki.

- *Adelante, por favor*, Kyykkä sanoi ja teki tilaa muovisäkkeihin käärityille kantamuksellemme.

- Kansi kiinni, omaiset on nähneet, sanoi Pena. Nyökkäsin, vaikken kylläkään tuntenut minkäänlaista sukulaissuhdetta peräkontin asukkiin.

Kyykkä tumppasi tupakkansa, palasimme Audiin ja lähdimme, tällä kertaa nopeusrajoituksia noudattaen, ajamaan takaisin parturin kolikkovarastolle.

KAKSIKYMMENTÄKOLME

Igorin päässä jyskytti, silmiä sumensi ja hänen täytyi vähän väliä katsoa taakseen varmistaakseen, että hänen jalkansa seurasi yhä perässä. Kipu polven kohdalla oli ankara, muttei sen kovempi kuin mihin häntä oli GRUn tiedustelukoulutuksissa vuosikausia valmennettu.

Hän oli kuin olikin päässyt livahtamaan ruumissäkkiä kantaneiden vanavedessä ulos kellarista näiden huomaamatta, kiitos Aleksein – rauha hänen sielulleen – painavan ja vaikeasti siirrettävän ruhon. Hänen pakonsa huomattuaan nuo typerät suomalaiset luulisivat todennäköisesti hänen suuntaavan kohti parturiliikkeen lähelle jätettyä Seatia, joten hänellä oli aikaa klenkata riittävän kauaksi vastakkaiseen suuntaan, ennen kuin totuus selviäisi heille.

Nyt ei ollut varaa enää menettää tajuntaansa. Hänen pitäisi päästä joen rantaa kulkevalle kadulle; siellä olisi roskalaatikko, jonka alle oli kätketty radiopuhelin juuri tällaisissa tilanteissa tarvittavaa yhteydenottoa varten. Hän ja Aleksei olivat ajaneet tehtävänsä perässä ensin sijoituspaikastaan Granadasta Cartagenaan ja sitten Sevillaan, mutta nyt olisi GRUn Sevillan paikallisosaston otettava tehtävä kontolleen.

Tehtävä oli käynnistynyt, kun Igorin ja Aleksein Granadan opiskelijapiireistä lahjoma José Manuel -niminen vasikka oli myöhään lauantai-iltana soittanut ja sanonut tietävänsä jotakin, josta venäläiset olisivat valmiita maksamaan.

Tiedonvaihto oli sovittu sunnuntaiaamuksi. José Manuel oli saapunut paikalle mukanaan pussillinen tuoreita churroja. Hän oli kuulemma viemässä niitä seurueelle, joka oli matkalla Cartagenaan selvittämään vuosikymmenet kadoksissa olleen, Neuvostoliitolle luvatun kullan sijaintia. Churrojen ostaminen oli uskottava tekosyy poistua vieraiden luota aikaisin aamusta.

Igor ja Aleksei olivat hämärästi tietoisia tarinasta, jonka mukaan osa sotien aikaisesta kultarahdista ei ollut koskaan päätynyt Odessaan, eikä syyllisiä ollut koskaan löydetty. He olivat siksi maksaneet José Manuelille palkkion, jonka tämä oli todennäköisesti jo vetänyt nenäänsä tai suoneensa. Hänestä ei siis tarvinnut välittää, mutta eipä heistä kahdestakaan enää tehtävään olisi.

Guadalquivir-joen rantakaduilla pyöri aina sen verran kummallista väkeä, ettei kukaan kiinnittänyt pahemmin huomiota jalkaansa raahaavaan, hikiseen mieheen, jonka polven ympärillä oli kymmenen sentin paksuinen kerros veren tahrimaa sideharsoa. Seikka, että olio pysähtyi matkallaan tutkimaan jokaista roska-astiaa, viimeistään vahvisti käsityksen siitä, että kyseessä oli vain tavallinen laitapuolen kulkija.

Igor sai tarkistaa neljä roskapönttöä, ennen kuin tärppäsi. Astian pohjaan oli vesitiiviiseen pussiin teipattu Espanjassa operoivilta NATO-joukoilta varastettu PRC-6T-radiopuhelin. Laite oli edullinen ja toimintavarma; jenkit olivat käyttäneet sen edeltäjää jo Korean sodassa. Vasta viime vuonna puhelimesta oli alettu valmistaa uutta ja pienempää, transistoritekniikkaan perustuvaa mallia.

NATO-laitteen ja erityisesti -taajuuksien käyttö oli tietenkin riski, mutta venäläisvakoojat laskivat sillä äärimmäisen harvoin tapahtuvan liikennöinnin oikeastaan varsin hyödyllisesti sekoittuvan NATO-joukkojen omaan radioliikenteeseen. Ja mikä sotkisi NATOa, hyödyttäisi Varsovan liittoa. Espanja oli vasta muutama vuosi aiemmin liittynyt NATOon, ja siihen edelleen epäluuloisesti suhtautuvien määrä oli suuri. Niin suuri, että ensi vuonna järjestettäisiin kansanäänestys NATOssa pysymisestä. Kuulopuheiden mukaan Yhdysvaltain B-luokan näyttelijästä A-luokan presidentiksi pompannut Ronald Reagan olikin tulossa kohta valtiovierailulle Espanjaan luomaan uskoa uuteen liittolaiseensa. Aleksei, Igor ja muut GRUn työntekijät Pyreneitten niemimaalla etsivät kuumeisesti keinoja vaikuttaa sekä itse vierailuun että vaalitulokseen.

Igor otti puhelimen pussistaan, kiinnitti sen sivuun liitetyn piiska-antennin paikoilleen ja painoi laitteen push-to-talk - näppäintä.

- *Vladivostok*, hän sanoi, vapautti tangentin ja jäi odottamaan. Sitten hän toisti tämän kiireellisen virka-avun pyynnöksi sovitun proseduurin. Ja vielä uudemman kerran.

- *Da*, kuului vihdoin vastaus linjalta.

Siinä kaikki. Kuten pitikin. Igor huokaisi, irrotti antennin ja pakkasi puhelimen takaisin muovipussiin. Kaikki järjestyisi. Paikalliset virkaveljet tulisivat noutamaan häntä tuota pikaa. Sitten verenhukka ja adrenaliinin vähentyminen tekivät tehtävänsä ja Igor menetti jälleen tajuntansa.

KAKSIKYMMENTÄNELJÄ

- Pitäisikö tuo ovi jotenkin sulkea? kysyin. – Säästöpossu saattaa muutoin hävitä kellarista.

Vihreä, metallinen pariovi retkotti lukkopesä irronneena levällään ja kutsuvana kuin kummitusjuna.

- Käyn katsomassa, että rahalipas on paikoillaan. Vahtikaa te tässä sillä aikaa, Kyykkä sanoi ja poistui käytävään.

- Jo on sotku, summasi Pena ajatuksemme.

- Niinpä. Ja vain siksi, että reilu viikko sitten söin viineriä.

- Onko tämä jokin suomalainen vastine vertauskuvalle Brasiliassa siipiään räpsäyttävästä perhosesta?

- En tiedä perhosista, mutta viinerin syytä tämä nyt on. Tai oikeastaan kahden, tarkensin.

- Miten niin?

- Vähemmän lehtevä taikina ei olisi tarttunut kitalakeeni ja olisin saanut selitettyä johtaja Muinoselle, etten ollut se Lampinen, jonka piti lähteä tutustumaan espanjalaiseen kilowattituntimittarifirmaan mahdollista yrityskauppaa varten.

- On niitä yrityskauppoja varmaan kummallisemmillakin tavoilla tehty, Pena kohautti olkapäätään. – Mikset vain mene ja tunnusta? Pepénkään ei tarvitsisi keksiä selityksiä poissaolollesi.

– Menenkin. Ja tunnustan. Mutta ensin pitää löytää Trisha.

Siihen ei ollut Penallakaan huomauttamista. Odotimme vaiti, kunnes agentti Kyykkä palasi kellarikierrokseltaan.

– Siellähän ne, hän kuittasi. – Laitoin välioven kiinni ja siirsin yhtä hyllykköä sen eteen. Kolikot pysynevät siellä, kunnes parturi palaa.

Ihme, ettei miekkonen ollut vielä tosiaan palannut varastolle. Hänhän oli siinä luulossa, että kellarissa lukkojen takana majailivat yksi vaurioitunut venäläinen ja yksi sinisilmäinen suomalainen. Pitäisi kai vieraita välillä ruokkiakin. Toisaalta, ukko saattoi olla hankkimassa apuvoimia, koska oven avauduttua ainakin minä saattaisin pystyä heittäytymään hankalaksi.

Peruutimme Audin hiukan kauemmaksi ja jäimme autoon odottamaan, milloin parturi saapuisi paikalle. Kyykkä kertoi hankkineensa vastaavien kyttäyskeikkojen varalle hansikaslokeroon pelikortit. Oli jo varsin hämärää, mutta katuvalot olivat juuri syttyneet, joten näkisimme kyllä läiskiä korttia. Sovimme, että peräpenkillä istuja tarkkailisi katua sillä välin, kun etupenkkiläiset keskittyisivät ginirommiin.

– Samannimisen juoman kyseessä ollessahan homma olisi mennyt juuri päinvastoin, totesi Pena takapenkiltä happamasti.

– Onko tämä odottelu täällä nyt muutenkaan fiksua? kysyin Kyykältä hänen jakaessaan kortteja. Ainoa linkkimme Trishan olinpaikkaanhan konttasi jossakin verissä päin koko ajan kauemmaksi meistä. Katsoin korttini ja panin hajamielisesti merkille, että kymmenen saamani kortin joukossa oli valmiiksi kaksi kuningasta. Lupaava alku, mutta ei oikeastaan vielä mitään. Kuin muusikonurani.

- Jos tyttö on venäläisillä, he antavat kyllä kuulla itsestään. Kultalastin tai vähintään lunnasrahojen toivossa, Kyykkä sanoi ja nosti roskapakasta siihen näkyviin käännetyn ruutunelosen. Tuo oli totta, mutta en silti kiljahdellut riemusta. Nostin puolestani Kyykän kädestään hylkäämän mustan kahdeksikon kädessäni olevan patasuoran alun jatkoksi. Mietin, että jos Trishalle sattuisi jotain, joutuisin luopumaan itsekunnioituksestani. Nyt jouduin onneksi vasta luopumaan herttakympistä.

Kyykkä nosti senkin omahyväisesti käsikortteihinsa ja laittoi poistopakkaan kortin, josta ei minulle ollut mitään hyötyä. Otin toisesta pakasta uuden, mutta sekään ei sopinut minnekään, ja laitoin sen saman tien pois. Kyykkä pentele nappasi senkin välittömästi itselleen. Taisin olla häviöllä tässäkin pelissä.

- Kertoisitko meille siitä Osasto Karhusta vielä? kysyin Kyykältä aikaa voittaakseni. – Mitä sakkia se oikein oli? Vai onko heitä vieläkin?

- Ei heitä virallisesti ole koskaan ollutkaan olemassa, agentti vastasi ja laittoi jälleen yhden, minulle sopimattoman kortin pöydälle.

- Mutta totuus on, että Suojelupoliisin yhteyteen perustettiin sotien aikana kuitenkin sen niminen suoran toiminnan yksikkö. Kansainvälisiin, salaisiin operaatioihin kykenevä, sotilaidemme eliittijoukko.

- Rekrytointi-ilmoituksia ei varmaankaan julkaistu Hesarissa, Pena arveli. Sain pakasta pataässän, mutta värisuorani ei ulottunut niin pitkälle alaspäin, että siitä olisi ollut hyötyä, joten laitoin sen pois.

- Yksikköön ei tosiaankaan haettu, vaan siihen johtaviin testeihin kutsuttiin salaa vain tarkasti seulottua maavoimien parhaimmistoa. Vasta, jos kutsuttu osoittautui testienkin jälkeen sopivaksi yksikköön, hänelle kerrottiin hänen uudesta tehtävästään. Samalla hän vain katosi aiemmasta palvelusyksiköstään.

Seuraavaksi Kyykältä kuulemamme kuvaus karhulaisten koulutuksen sisällöstä kuulosti James Bond –elokuvilta: kieliä, tarkka-ammuntaa, auton- ja veneenkäsittelyä, lähitaistelua, räjähteitä, sukellusta ja sabotaasia. Agenttien tuli kyetä millaiseen toimintaan tahansa ja liikkua joka paikassa maapalloa kuin kotonaan.

Korttipelimme eteni vähemmän jännittävästi, mutta sitten onneni kääntyi: Kyykkä laittoi kädestään pois ruutukuninkaan. Nappasin sen pöydältä kahden muun kuninkaan seuraksi. Käsi ei ollut kuitenkaan vielä täydellinen, jotan laitoin yhden kortin pois. Kyykkä otti sen itselleen ja pian kuulin jostakin ounastelemani, pelin lopettamista merkitsevän koputuksen.

– Nytkö jo? kysyin.

– Ei, se olin minä, kuiskasi Pena takaani. – Katsokaa, parturi on palannut!

KAKSIKYMMENTÄVIISI

Trisha kuuli, kuinka avain kiertyi lukossa. Hän ei kuitenkaan uskaltanut nousta tuoliltaan. Ovi aukeni, ja joku tuli sisään hämärään huoneeseen. Ovesta tulviva valo esti Trishaa kuitenkin näkemästä tulijaa tarkasti.

- Kuka olet? Mitä haluat? Trisha kysyi sekä englanniksi että espanjaksi, mutta vastausta ei kuulunut. Hahmo laski jotakin lattialle oven viereen ja poistui yhtä äänettömästi kuin oli tullutkin. Avain kiertyi lukossa uudelleen, tällä kertaa vastapäivään.

Trisha odotti hetken, että hänen silmänsä tottuivat uudelleen hämärään, nousi sitten ylös ja käveli ovelle. Lattialla oli tarjotin, jolla oli muovinen, puolen litran pullo Coca-colaa ja kinkkuvoileipä. Nippusiteistä huolimatta Trisha sai avattua pullon ja joi ahnaasti muutaman kulauksen hapokasta sokerivettä. Sen jälkeen hän kävi leivän kimppuun. Ei häntä ainakaan nälkään aiottu tappaa, Trisha mietti. Ilmeisesti panttivankineuvottelut – jos nyt sellaisia ylipäätään oli käynnissä – olivat vielä kesken, eikä rahanarvoisen kohteen haluttu heittävän henkeään kesken prosessin.

KAKSIKYMMENTÄKUUSI

- *в курсе.* Sen täytyy olla hän. Käyn katsomassa, ettei tämä ole ansa. Odota autossa, sanoi kaljupäinen mies parilleen venäjäksi. Kuljettajan paikalla istuva, viiksekäs mies nyökkäsi.

- Selvä on, Nikolai.

Nikolaiksi puhuteltu nousi mustasta Opel Corsasta ja katsoi ympärilleen. Alkuillan autoliikenne nelikaistaisella Paseo de Cristóbal Colonilla oli rauhallista. Väylän ja joen välisellä, kirsikkapuiden reunustamalla kävelyalueella näkyi sekä muutamia, töistänsä kotiin kiirehtiviä kaupunkilaisia että iltakävelylle lähteneitä perheitä. Mikään ei viitannut siihen, että ketään kiinnosti rakennusten puoleisella katuosuudella radiopuhelin kädessään jalkakäytävällä selällään liikkumatta makaava mies.

Nikolai käveli tämän luokse ja tarkasti, että mies hengitti. Lepäilijän vasemman polven seutu näytti varsin pahalta, mutta henki kulki. Tavallaan Nikolai oli pettynyt havaintoonsa. Olisi ollut yksinkertaisempaa vain hankkiutua eroon ruumiista ja jatkaa GRUsta annetun tehtävän täyttämistä. Yhdysvaltain presidentin valtiovierailuun Espanjaan oli enää reilut kaksi kuukautta, ja vierailuohjelman selvittäminen, saati mahdolliseen Sevillan-visiittiin valmistautuminen oli pahasti kesken. Nyt he joutuisivat käyttämään kallista aikaansa selvittääksen, miksi tämä tyyppi oli ottanut heihin yhteyttä.

Nikolai kaivoi uinujan povitaskusta esiin lompakon ja etsi siellä olevan ajokortin. Haltijan nimeksi oli kirjoitettu Igor Potemkin. Nimi oli todennäköisesti keksitty ja ajokorttikin suoritettu jossakin aivan muualla kuin Pyreneitten vuoristoissa, mutta nimi olisi tuskin ollut venäläinen, ellei mieskin sitä ollut. Nikolai arvelikin kyseessä olevan hänen kollegansa, koska oli tiennyt sekä puhelimen kätköpaikan että avunpyyntöön varatun salasanan. Ja kollegoja ei jätetty, ei edes GRUssa.

Nikolai otti radiopuhelimen tiedottoman makailijan kädestä, katsoi, ettei kukaan nähnyt ja kiinnitti sen pussissaan takaisin roska-astian pohjaan. Sitten hän läimäytti miestä poskelle. Tämän silmät raottuivat.

- Oletko hereillä? hän kysyi mieheltä venäjäksi.

- *Da*, kuului vaimea vastaus.

- No niin, Igor, noustaanpa ylös. Sinun täytyy herätä sen verran, että saan sinut raahatuksi autoon.

Igor osallistui parhaansa mukaan tähän ystävyys-, yhteistyö- ja avunantohankkeeseen ja Nikolai sai vedettyä tämän käden niskansa yli, jolloin hän sai kannateltua Igoria ylhäällä. Samassa viereisen liikkeen ovi aukesi, ja kaupassa asioinut nainen tuli ulos kadulle.

- *Demasiado vino*, Nikolai sanoi naiselle hymyillen ja iski tälle silmää. Selitys kantokuntoon hankkiutuneesta humalaisesta tuntui menevän läpi. Nainen nyrpisti nenäänsä ja kipitti pois paikalta.

Musta Corsa ajoi parivaljakon vierelle ja odotti, kunnes Nikolai sai Igorin kammettua sen takapenkille. Tämän jälkeen Nikolai istahti pelkääjän paikalle ja käski kuljettajaa lähtemään liikkeelle.

KAKSIKYMMENTÄSEITSEMÄN

Parturi näki jo etäältä, että jotain oli pielessä ja hidasti viimeisiä askeleitaan varaston luokse. Hän mietti aukiväännetyn oven vieressä hetken, mutta päätti sitten mennä sisään kellarivarastoonsa.

- Kultalaatikon sijainti kiinnostanee hiusyrittäjäämme, Kyykkä totesi katsellessamme episodia auton suojasta.

- Mennäänpä häntä vastaan, kun hän palaa kellarista. Häneltä ei varmaan vie kauaa todeta, että hänen varastoon telkeämänsä ihmiset ovat kadonneet, mutta kultalaatikko on tallella.

Nousimme Audista ja kävelimme rikkoutuneelle ovelle. Asetuimme niin, ettei sisältätulija voinut nähdä meitä. Parin minuutin kuluttua käytävästä kuuluikin jo tuttu klenkkaus. Kun askeleet olivat aivan ulko-oven suulla, Kyykkä astui tulijan eteen.

- *Buenas tardes, señor.*

Parturi säpsähti ja tuijotti Kyykkää. Sitten hän näki minut ja Penan ja tajusi mahdolliset pakotiet tukituiksi.

- Kuka olette? Mitä haluatte? hän tiuskaisi.

- Eiköhän ole meidän vuoromme esittää kysymykset, Kyykkä sanoi. – Mitä meidän pitäisi ajatella esimerkiksi siitä, että telkesitte tämän Kalervon muutama tunti sitten tuonne kellariin?

- Minä... luulin, että hän on samassa juonessa niiden venäläisten kanssa! Suomihan on käytännössä osa Neuvostoliittoa.

Tämä ulkomailla yleisesti esiintyvä harhaluulo sai aina niskavillani kihelmöimään. En kuitenkaan alkanut valistaa parturia siitä, kuinka Suomi-neidon oli onnistunut säilyttää itsenäisyytensä ison veljen uhitteluista huolimatta; kuinka meidän oli kestettävä loputtomia YYA-juhlia ja -tapahtumia, vaikkei ystävyyden luulisi olevan mitään sellaista, josta joudutaan erikseen paperilla sopimaan; ja ettemme todellakaan olleet rähmällämme itään, kuten jotkut politiikantutkijat väittivät; vaan tutkimusten mukaan itse asiassa jopa Euroopan Yhdysvaltalaisin maa. Sen sijaan tyydyin vain toteamaan, että hän oli luullut väärin, ja olevani hyvin kiitollinen kollegoilleni, jotka olivat vapauttaneet minut vankilastani.

- Pahoittelemme oville aiheuttamaamme vahinkoa, Pena lisäsi sovittelevasti.

- Missä ne venäläiset sitten ovat? parturi tivasi.

- Tappamasi tyyppi on Espanjan poliisin huostassa. Se toinen pääsi pakenemaan, Kyykkä vastasi.

- Poliisin? parturi kysyi.

- Niin, tämä tässä on Suojelupoliisin agentti Esko Kyykkä Suomesta, esittelin hänelle vahvistuksemme ylpeänä. – Hän sai paikalliset viranomaiset hakemaan ruumiin pois.

- Suojelupoliisista? parturi kertasi mietiskelevänä.

- Niin, Osasto Karhun työn jatkajia, selitin.

- Aivan, parturi sanoi.

- Niin, teillähän on omakohtaista kokemusta edeltäjistäni viidenkymmenen vuoden takaa, Kyykkä sanoi osoittaen olevansa tietoinen silloisesta, mittavien kultavarantojen siirtämisestä Espanjasta Neuvostoliittoon.

- Kellarissa oleva laatikko taitaa olla yksi kadonneista? hän jatkoi lisäten kuulleensa myös siinä yhteydessä hävinneestä sadan laatikon erästä.

Jos parturimme oli koko kultaerän katoamisen takana, hän ei millään lailla osoittanut sitä meille vastatessaan.

- *Sí.* Se on ainoa, jonka sain pelastettua itselleni Cartagenasta. Oletteko löytäneet loput?

- Laatikon sisällöstä lienee osa hävinnyt? Kyykkä jatkoi tenttaamista, sivuuttaen kysymyksen.

- Olen vuosien mittaan käyttänyt sieltä löytyneet pesetat parturiliikkeeni vuokranmaksuun ja muihin menoihin. Francon aikana täällä oli todella tiukkaa. Ulkomaisia kolikoita en ole kuitenkaan juurikaan uskaltanut käyttää.

Tarina vaikutti uskottavalta. Kielsimme tietävämme mitään lopuista laatikoista ja kysyimme parturilta, tarvitsisiko hän apua oven korjaamisessa. Hän vastasi saavansa siihen kyllä järjestettyä jonkin väliaikaisen lukituksen. Kehotimme häntä varovaisuuteen vielä vapaalla, joskin vammautuneella jalalla olevan venäläisen suhteen.

- Ei hän tänne enää uskalla palata, vanhus tuhahti, kääntyi ja lähti kellariin etsimään työkaluja lukon korjaamiseksi.

- Jos kulta ei ole hänellä, niin kenellä sitten? Pena kysyi.

- Sen juuri ne venäläiset haluavat meidän selvittävän. Muuten emme enää näe Trishaa, nieleskelin.

- Miten me mitään selvitämme? Toinen kaappaajista on kuollut ja toinen paennut polvi tohjona maan alle! Pena sanoi.

- Venäläisvakoojilla on täällä suhteellisen iso yhteisö, Kyykkä huomautti. – Kyllä sieltä vielä yhteyttä otetaan.

Vaikutti siltä, että tapahtumarikas päivä oli vaihtumassa tapahtumaköyhäksi yöksi. Toivomuksestamme Kyykkä heitti meidän Audillaan Pepén asunnolle ja poistui sitten taholleen.

Pepé päästi meidät sisään ja tarjosi meille jälleen jotakin oudoista savukkeistaan, mutta kieltäydyimme niistä jälleen. Tällä kertaa rommiin sekoitetun cuba libren sanoimme kyllä maistuvan, ja isäntä teki työtä käskettyä.

- Kyselikö José Antonio minusta? tiedustelin saatuani kapean, pitkän lasin käteeni.

- Itse asiassa ei. Hän soitteli koko päivän puheluita ja vaikutti sen verran pahantuuliselta, että pysyttelin poissa hänen näkyvistään. Alakerran sihteerit kyllä kyselivät sinusta, Pepé sanoi.

- Ai, todellako? ilahduin.

- No eivät oikeasti. Ajattelin vain piristää sinua, Pepé hymyili ja veti pitkät henkoset makean tuoksuisesta kääryleestään. – Mitä ajattelitte nyt tehdä?

- Agentti Kyykkä sanoi, että venäläiset ottavat meihin kyllä yhteyttä, mutta en oikein haluaisi odottaa. Kuka tietää, mitä Trishalle ehtii tapahtua. Mutta en keksi, miten saisimme venäläisiin itse yhteyden.

Pena alkoi yhtäkkiä taputtaa käsillään keskipäivällä oppimaansa 6/8-rytmiä.

- Minäpä keksin! hän huudahti minulle suomeksi.

- Ne flamencoveljeksethän sanoivat, että heillä on huomenillalla keikka venäläisille!

- Niin?

- Eiköhän niiden vakoiluporukka jotenkin toimi konsulaatin varjossa? Voisimme löytää sieltä jonkun, joka tietäisi Trishasta!

- Kuulostaa kaukaa haetulta ja epävarmalta, sanoin. – Olen mukana! Mutta miten pääsemme sisään?

- Soittajina tietenkin! Etsitään ne trubaduurit huomenna käsiimme ja pyydetään, että saamme esiintyä heidän rytmisektionaan!

- No sinulta se taputus tuntui kyllä onnistuvan, mutta entäs minä?

- Eikös se toinen kitaristi letkauttanut, että venäläisiin menisi haitarillakin soitettu flamenco täydestä? Hommataan sinulle sellainen!

Pepé oli tuolillaan jo niin pöllyssä, ettei huomannut keskustelun vaihtuneen suomenkieliseksi. Totesin Penalle, että hänen suunnitelmansa oli idioottimainen, suorastaan vaarallinen ja todennäköisesti järjestäisi meidät pikavauhtia Siperiaan, mutta se oli ainoa oljenkortemme.

KAKSIKYMMENTÄKAHDEKSAN

Seuraavan päivän päivystimme Penan kanssa Parque de Maria Luísalla. Meidän oli pakko nähdä illan keikkaansa varten harjoittelevat soittajat ja saada itsemme jotenkin ujutettua mukaan. Aurinko onneksi lämmitti puistoa jo aamupäivällä mukavasti, joten saatoimme norkoilla siellä. Ajan kulun odottaminen vain oli huomattavasti ajan viettämistä turhauttavampaa. Plaza de Americasin mosaiikit olivat toki kiinnostavia, mutta nekin alkoivat jossain vaiheessa olla jo useaan kertaan tutkittuja.

Olin juri toteamassa Penalle, että suunnitelmamme ei tainnut toimia, kun takaamme hiekkakäytävältä kuului askelia.

- Kalervo? *Qué haces aquí?*

Käännyin katsomaan taaksemme ilmestynyttä ja minut tunnistanutta tyyppiä. Hammasrivistöstä ei voinut erehtyä.

- Juan? Mitä itse teet täällä?

- Meillä on täällä harjoitukset illan keikkaa varten!

- Sinä siis olet se kolmas soittaja?

- Ai, oletteko tavanneet ne toiset?

- No itse asiassa kyllä, ja heitä juuri odotamme. Anteeksi, tässä on kaverini Pena, hänkin Suomesta. Pena; tässä on Juan Landis&Gyriltä.

- *Mucho gusto,* totesivat herrat toisilleen yhteen ääneen.

Nyt, kun esittelyt oli tehty, saimme kuulla, että Juan todellakin kuului illalla venäläisjuhliin palkattuun trioon.

- Enimmäkseen laulan ja taputan; Jaime ja Jorge ovat minua paljon etevämpiä kitaristeja.

- Juan, Jorge ja Jaime? Oletko tosissasi?! Pena räjähti nauramaan.

- No niillä nimillä meidät tunnetaan! Jorge on kyllä oikeasti Ignacio, mutta annoimme hänelle lempinimen Jorge, Juan selitti, niin ikään nauraen.

En ymmärtänyt, mikä tässä oli niin hauskaa. Pena huomasi ilmeeni ja kiirehti selittämään minulle suomeksi:

- *Juanito, Jorgito y Jaimito* ovat Tupu, Hupu ja Lupu espanjaksi.

- Aaa... onko se siis trionne nimi? kysyin Juanilta.

- Voisi olla, miksei!

- Kuule, voisitteko tänään olla nimeltänne vaikka *Los Patos?*

- Ankat? Mitä tarkoitat?

Pena selitti Juanille sujuvasti, että työskentelimme oikeasti Suomen salaisen poliisin leipiin ja että meidän pitäisi päästä soluttautumaan illan juhliin hinnalla millä hyvänsä.

- Ymmärrän, Juan sanoi hetken sanomaa sulateltuaan. – Kalervo, muistanko oikein, että soitat haitaria?

- Näin on. Ja Pena tässä on orkesterimme monivuotinen rumpali. Ja itseoppinut trumpetisti.

Pena alkoi taputtaa käsillään oppimaansa flamencorytmiä.

- *Perfecto!* Juan hymyili. – Odottakaa muita tässä, käyn järjestämässä meille haitarin. *Los Patos* on kohta valmiina viihdyttämään yleisöä flamencon keinoin!

Juan lähti tarmokkaasti painelemaan takaisin suuntaan, josta oli tullut. Katsoin Penaa kummastuneena.

- Vai Tupu, Hupu ja Lupu? Meksikossako nuo opit?

- No tavallaan. Siellä Aku Ankan veljenpojat ovat kyllä *Hugo, Paco y Luis*. Mutta ne opittuani on ollut hauska kysellä ulkomaalaisilta, miten kolmikko heidän maassaan on nimetty.

Tuhahdin hyväntahtoisesti. Penan *small talk* oli todella oma maailmansa.

Varttitunnin odottelun jälkeen näimme tutun, kitaralaukkuja kantavat hahmot astelemassa meitä kohti.

- Jaimito! Jorgito! Tulkaa tänne! Pena huusi. Kaverukset tottelivat.

- Mistä tiesit lempinimemme? toinen kysyi.

- Kuulimme ne juuri Juanitolta, Pena vastasi. – Hän tulee aivan kohta takaisin. Voimme treenata tässä.

Kitaristit kummastelivat Penan valitsemaa me-muotoa. Katsoin parhaaksi taustoittaa heitä kuitenkin mahdollisimman vähän ja säveltää illalle edes jotensakin uskottavan juonen.

- Niin, tarvitsemme apuanne illalla. Juanin kanssa sovimme, että voimme tulla mukaan ensimmäiseen ja viimeiseen esittämäänne lauluun. Siten pääsemme muun esityksenne aikana hoitamaan siellä erään jutun.

Ennen kuin kaverukset äityivät kysymään meiltä tarkempia tietoja, Juan puuskutti paikalle harmonikkaa kantaen.

- Mikäs tuo on? Jaimito tai Jorgito kysyi.

- Acordeon! Kalervo osaa soittaa haitaria, joten tässä on hänelle haitari! Joko muuten kerroitte heille, että tekin tulette mukaan keikallemme? Juan kysyi minulta.

- Kyllä, ehkä ensimmäiseen ja viimeiseen kappaleeseen, summasin keksimäni suunnitelman hänellekin.

Koppasin Juanin ojentaman, kirkkaanpunaisen intrumentin syliini. Sen kyljessä oleva, kohokuvioitu ja kursivoitu logo kertoi laitteen merkiksi Larrinaga. En ollut nimeä kuullutkaan, mutta Juan vakuutti sen olevan Espanjan suosituimpia merkkejä, etenkin diatonisissa harmonikoissa. Tämä yksilö oli onneksi kromaattinen, 5-rivinen pianoharmonikka, joka oli minulle tuttu jo vuosien ajalta. Viime vuosina senkin soittelu vain oli jäänyt lähes olemattomiin. Tapailin soitinta hetken, ja pian Säkkijärven polkka jo pärähti ilmoille puistossa oleskelijoiden hämmästeltäväksi. Tupu, Hupu ja Lupu nyökkäilivät hyväksyvästi kuulemalleen.

- Okei, okei. Osaat soittaa. Mutta mitenkäs flamenco? Jaimito tai Jorgito kysyi.

- Jaa-a, en ole kokeillut. Mistä aloittaisin?

- Minä tiedän! Juan huudahti sormi pystyssä. Hän kaivoi repustaan esiin pienen, keltaisen Sony Walkman - korvalappustereon.

- Tunnetko *Pata Negran*? hän kysyi minulta avatessaan sen kasettipesää.

- Tarkoitatko sitä sympaattista maalaispossua, joka vailla huolia hyppelee vuoristossa ja syö tammenterhoja?

- Hah! Oletkin oppinut hyvin oleellisia osia andalusialaisesta kulttuurista! Mutta ei, en tarkoita nyt sitä, vaan yhtyettä nimeltä Pata Negra.

- En ole kuullut, totesin.

- Se on aika suosittu porukka juuri nyt. Kahden veljeksen perustama. Yhdistelevät flamencoa ja bluesia. Kuuntelepa.

Juan ojensi korvalappustereoidensa kuulokkeet minulle, kelasi laitteen sisään vaihtamaansa kasettia hiukan ja painoi play-nappulaa.

Laitoin luurit korvilleni ja kuuntelin. Sointukulut vaikuttivat yleismaailmallisilta, eivät ainakaan tässä kapaaleessa mitenkään erityisen mustalaismusiikkimaiselta. Laulajan laulutavassa tunnistin kyllä viikkoa aiemmin Juanin laulussa esiintyneitä itämaisia sävelkulkuja ja niekkauksia.

- Tämän kappaleen nimi on *"Levante"*. Voisit soittaa sinne jotakin sopivia fillejä harmonikalla, Juan ehdotti.

- Kuulostaa mahdolliselta, nyökkäsin innokkaasti.

Otin kuulokket korviltani ja annoin ne Penalle, jotta hänkin saisi käsityksen Pata Negran edustamasta tyylisuunnasta. Ainakin tässä kappaleessa käsien taputukset saattaisivat riittää rytmisoitinosastoksi, joten se sopisi big bandimme arsenaaliin hyvin.

- Entä toinen kappale? kysyin Juanilta.

- Hmm... *"Baladilla de los Tres Rios"* voisi toimia hyvin. Se on pari kappaletta tuosta äskeisestä eteenpäin.

Juan otti Walkmanin Penan kädestä, painoi fast forward - nappulaa jonkin aikaa ja sitten taas play-näppäintä. Hetken kuluttua luureja yhä korvillaan pitävän Penan naamalle nousi leveä hymy.

- *Sí.* Ehdottomasti. Näillä pärjätään, hän vahvisti.

Seuraava parituntinen vilahtikin musisoidessa uusien yhtyetovereideni kanssa. Aku Ankan veljenpojat harjoittelivat välillä tyylipuhtaampaa flamenco-ohjelmistoaan, ja kitaristien näppäriä sormia ei voinut kuin ihailla. Sitten taas paneuduimme Pata Negran bluesvaikutteisempiin kappaleisiin, joiden ajan tekeytyisimme osaksi bändiä. Auringon lämmittäessä ja ohikulkijoiden pysähtyessä kannustamaan meitä muistin, miksi olin aina pitänyt yhdessä soittamisesta niin paljon. Trishan tukala tilannekin painui hetkeksi mielestäni.

- Sehän menee hienosti, Juan totesi jossain vaiheessa kannustavasti ja ehdotti, että kävisimme yhdessä haukkaamassa jotakin.

- Kokemukseni mukaan ravintolat ovat nyt kiinni ja aukeavat seuraavan kerran vasta kahdeksalta, huomautin.

- Kyllä täällä aukiolevia cafeterioita on. Ne ovat vain vähän piilossa turisteilta. Maistuuko *pan tostada*?

KAKSIKYMMENTÄYHDEKSÄN

Kolmikerroksinen, uudehko rakennus sijaitsi jossakin Sevillan pohjoisista, ei niin kutsuvista kaupunginosista. Taksimies oli heittänyt meidät nuhjuisen, mutta avoimen Bar Guadalquivirin eteen valmistautumaan vastapäisessä kiinteistössä tapahtuvaan ensiesiintymiseemme Los Patos-nimisenä flamenco-orkesterina.

Avoimien ovien lisäksi baarilla oli sekin hyvä puoli, että sieltä sai paahtoleipien kyytipojaksi Sevillassa pantua, pilsener-tyyppistä Cruzcampo-olutta. Se oli suomalaisen keskioluen vahvuista, näköistä ja makuista, mutta vähensi keikkaan liittyvää jännityksen tunnetta.

Olin jo aiemmin huomannut, että flamencotanssijoiden asusteet olivat sangen värikkäitä. Juan kuitenkin vakuutteli, että soittajat esiintyivät yleensä valkoisissa kauluspaidoissa ja mustissa liiveissä, aivan kuten pelimanniorkesterit koto-Suomessakin. Koska sellaisia ei ollut tullut pakattua mukaan matkalle, olimme poikenneet taksimatkalla jossakin Juanin tuntemassa halpahallissa, josta olimme ostaneet Penalle ja minulle suunnilleen sopivankokoiset valkoiset paidat ja mustat kangasliivit.

- *Hugo y Paco de Lucia!* Juan nauroi, kun ilmestyimme baarin vessassa päällemme vetäneet, ryppyiset vermeet yllämme takaisin pöytään.

Tilasimme toiset oluet ja tostadat, tällä kertaa juustolla, omenalla ja kuivatuilla hedelmillä päällystettyinä. Ruoka oli myös hedelmällinen, neutraali puheenaihe, ja tunnelma alkoi vähitellen rentoutua. Espanjalaistrion kunniaksi oli sanottava, että he eivät yrittäneet millään lailla udella agendaamme alku- ja lopetuskappaleiden välissä. Siinäkin mielessä, ettemme Penan kanssa itsekään vielä tienneet, mitä tulisimme siellä tekemään.

- *Vamonos, señores!* Juan ilmoitti juuri, kun kuiskuttelimme Penan kanssa siitä, pitäisikö puolivalmiiksi jäänyt suunnitelmamme perua tykkänään. Aloimme kaivaa kolehtia pöydälle, ateriointimme kulujen kattamiseksi.

- Ei muuta kuin venäläisvakoojien sekaan soittamaan, Pena sanoi minulle suomeksi. – Jos päädymme sementtikengät jalassa Guadalquivir-joen pohjaan, niin onpahan kuitenkin takana erikoinen keikka, jota kalojen kanssa muistella.

Iltarupeamaan liittyvät, aivan erityiset riskit tunkivat tajuntaani. Miksen ollut maininnut Kyykälle tästä hullusta ideasta mitään? Hän sentään tietäisi työnsä puolesta mahdollisuutemme ja keinomme edistyä Trishan etsinnässä, toisin kuin me, koulutusta vaille valmiit muka-agentit. Kuvittelimmeko tosiaan löytävämme Trishan juhlatilojen takahuoneesta tuliaiset hankittuina ja valmiina kotiinlähtöön?

Katumusharjoitukseni keskeytyi, kun tarjoilija kävi hakemassa rahamme ja toivotti meille hyvää iltaa. Nousimme ylös, otimme instrumenttimme ja poistuimme kahvilasta.

Ilta oli jo pimentynyt. Vastapäisen rakennuksen ovilamppu oli rikki, ja ainoa valonkajo oviaukossa lähti ovikellosta. Jaimito tai Jorgito painoi sitä. Jos jotakin ääntä jossakin kaukana oven takana kuuluikin, me emme sitä kuulleet.

Hetken kuluttua kuitnekin näimme ovea lähestyvän hahmon. Tyyppi oli selvästi portierin roolissa, koska hän oli yhtä leveä kuin pitkä, eikä oven avatessaan höpötellyt turhia. - Olemme illan muusikot, Juan esittäytyi. Ladonovi vastasi katseellaan päätelleensä sen mukanamme olevien soittimien määrästä ja päästi meidät sisään. Ilmeisesti – ja onneksemme - hänelle ei ollut kerrottu, kuinka montaa soittajaa odottaa.

Gorilla murahti jotakin ja viittasi meitä jatkamaan hämärää käytävää eteenpäin. Siellä näkyvästä oviaukosta kajastikin kutsuva värivalo, joten vaapuimme käytävän toiseen päähän.

Valaistu, askeettisin pöydin ja tuolein varustettu huone oli selkeästi illan juhlatila. Päädyssä oli pieni orkesterikoroke ja toisessa tarjoilupöytä. Pöydälle aseteltujen pullojen muodoista, etikettien kyrillisistä kirjaituksista ja useimpien värittömistä sisällöistä päättelin juhlajuomalistan olevan vodka- ja shampanjapainotteinen. Tarjoilupöydän ympärillä hääräili pari hymytöntä neitiä yllään samantyyppiset valkoiset paidat ja mustat liiviasut kuin meilläkin. Soitinkotelomme erottivat meidät kuitenkin tarjoilijalaumasta, ja jälleen saimme huomiota osaksemme ainoastaan suuntaa-antavan sormenojennuksen muodossa.

Nostimme korokkeelle kolme tuolia; sekä Jaimito että Jorgito halusivat itseni tavoin soittaa istualtaan. Viritimme kitarat samaan vireeseen Larrinagani kanssa ja kokeilimme salin akustiikkaa.

Tummaan jakkupukuun pukeutunut, viisikymppinen rouva ilmestyi saliin ja käveli luoksemme leuka pystyssä.

- Olga Kurnikova, edustan tilaajaa, hän ilmoitti napakasti. – Vieraat saapuvat aivan kohta. Voitte odottaa tuolla verhon takana, kunnes kunniakonsuli on avannut tilaisuuden. Sen jälkeen on teidän vuoronne.

Esiintymiskorokkeen takana oli tosiaankin verho, jonka takana oli oviaukko jonkinlaiseen takahuoneeseen. Totesin tyytyväisenä, että huoneesta oli myös ovi käytävään, josta näytti pääsevän sisemmälle rakennukseen. Tätä kautta voisimme Penan kanssa livahtaa tutkimaan taloa sillä aikaa, kun flamencon autenttiset osaajat viihdyttäisivät yleisöä.

Vedin oven kiinni, sillä kuulin käytävältä puhetta. Ilmeisesti ainakin osa vieraista tulisi juhlaan talon sisältä. Totesin Penalle, että vaikkei sitä ulkopuolelta voinut päätellä, rakennus vaikutti venäläisyhteisön tukikohdalta.

Tuokion takahuoneessa norkoiltuamme salista alkoi kuulua ääntä. Oikeastaan varsin kovaäänistä, venäjänkielistä keskustelua. Kysyin soittajakollegoiltani, osasiko kukaan venäjää, mutta kaikki pudistivat päätään. Tyydyimme seuraamaan ääneti verhon takana kasvavaa remakkaa. Shampanjapullojakin kuului poksauteltavan auki. Jokaista pamausta seurasi aina ilahtunut yhteishuudahdus. Venäläisympyröissä ei näemmä kauaa pönötetty, vaan juhlatunnelmaan hankkiuduttiin ripeästi.

Sitten joku koputti esiintymiskorokkeelle tuotuun mikrofoniin, ja naisääni alkoi vuodattaa siihen suhuäänteitä ja vokaaleja. Lyhyitä äännepyrskähdyksiä seurasi aina välillä tauko, ja niitä puolestaan voimakas taputusten purske. Yleisössämme tulisi ainakin olemaan runsaasti valitsemamme rytmi-instrumentin arvostajia.

Seuraavan repliikin lopusta erotimme huudahduksen "flja-menk-ko!" ja ymmärsimme, että oli aika astua estradille. Tuttu jännitys iski vatsanpohjaan. Juan marssi ensimmäisenä ottamaan hymyillen vastaan yleisön aplodeja, me muut asetuimme instrumentteinemme tuoleillemme hänen takanaan.

Yleisö vaimeni. Juanito ja Jaimito tai Jorgito antoivat aloituskappaleelle compásin, ja Pata Negran tekosia oleva "Levante" soljui liikkeelle. Raivoisat kannustushuudot täyttivät heti salin, eikä kukaan varmasti huomannut, että hermostuksissani muokkailin melodioihin aivan uusia kulkuja. Luultavasti he laittoivat epävireisyyden flamencon itämaisten sävyjen piikkiin. Pena taputteli tahtia kuin olisi ikänsä esiintynyt flamenco-orkestereissa, ja kitaristimme väänsivät lurituksillaan soittomme yleisilmeen väkisin hyvin katu-uskottavaksi.

Ensimmäisen kappaleemme keräämät aplodit olivat suhteettoman suuret, ja Pena oli jo jäädä paistattelemaan parrasvaloissa pidemmäksikin aikaa. Onnistuin kuitenkin nykäisemään hänet mukaani verhon toiselle puolelle, ennen kuin Aku Ankka -trio jatkoi autenttisemman materiaalin parissa.

- Livahdetaan tästä tutkimaan tiloja, meillä on reilu varttitunti aikaa, sanoin ja aukaisin käytävään johtavan oven. Nopea kurkistus vahvisti, ettei muuta väkeä ollut liikkeellä.

Hiippailimme hämärässä käytävässä kuin rosvot kaardemummain yössä, mitä se sitten tarkoittikaan. Katutason huoneet olivat tyhjiä ja lukitsemattomia, joten siirryimme portaita pitkin kakkoskerrokseen. Siellä oli muutama huone, jossa oli selvästi joko tehty töitä tai otettu pohjia illan juhlia varten, riippui työtavoista. Naulakoissa roikkui päällystakkeja; täällä vietettiin selvästi useamminkin aikaa.

Käytävän keskivaiheilla oli isompi huone, jota hallitsi sen keskelle asetettu, suuri pöytä. Sytytin huoneen valot. Pöydälle oli levitelty hujan hajan karttoja, piirustuksia ja muistiinpanopapereita.

- Ymmärrätkö näistä mitään? kysyin Penalta.

- No en. Kaikki kirjoitus näyttää olevan venäjäksi.

- Entä kartat, mistä ne ovat?

- Odotas... haa, Madridin katukarttoja!

- Madridin? Miksi? ihmettelin.

- Näissä on moneen kohtaan merkitty sama teksti: "Рейган". Sen täytyy olla jotain tärkeää.

- Odotas... eikös "ravintola" kirjoiteta venäjäksi jotenkin niin kuin "pectopah"?

- Totta! Ja se sanotaan kai "restoran".

- Eli ensimmäiset kirjaimet olisivat R-e-... sitten jotain, jotain ja ...-a-n.

Katsoimme molemmat toisiamme, ja oivalsimme saman.

- Sen täytyy tarkoittaa "Reagan"! Kyykkähän sanoi, että Reagan on tulossa vierailulle Espanjaan, ja Neuvostoliitto näkisi mielellään, että sen seurauksena Nato-joukkoja täällä ainakin supistettaisiin, ellei peräti äänestettäsi koko Natosta luopumisten puolesta, Pena muisteli.

- Napataan nämä mukaan, Kyykkä saa arvioida, onko niissä jotakin olennaista, ehdotin. Kaavimme pöydältä mukaamme muutaman karttakuvan ja käsin kirjoitettua tekstiä sisältäviä muistilappuja. Sammutimme huoneen valot ja poistuimme käytävään jatkaaksemme etsintöjä johtolangoista Trishan olinpaikan suhteen. Samassa portaikosta ilmestyi kuitnekin esiin hahmo, joka meidät äkätessään kiskaisi kainalokotelostaan esiin revolverin, osoitti sillä meitä ja kajautti käskyn, joka venäjänkielisyydestään huolimatta oli tuttu sekä sotaveteraaneille että jokaiselle Korkeajännitys-lehden lukijalle:

- Ruki vverkh!

KOLMEKYMMENTÄ

Trisha havahtui ajatuksistaan, kun ovessa olevaa avainta kierrettiin. Kahva painui alas ja ovi aukesi, päästäen jälleen kirkasta valoa takaansa Trishan hämärään oleskelutilaan. Trisha oli valmistautunut tähän hetkeen. Hän piti nippusiteillä yhteen sidotuissa käsissään peltistä tarjotinta, jolla hänen kaappaajansa oli edellisellä käynnillään tuonut hänelle syötävää. Kun tulija oli päässyt huoneen sisäpuolelle, Trisha huitaisi tätä peltitarjottimella kasvojen korkeudelle niin lujaa kuin pystyi. Hahmo ähkäisi, huojahti taaksepäin ja kaatui oviaukkoon. Trisha yritti harpata tyypin yli, mutta tämä sai otteen hänen nilkastaan.

- Päästä minut! Trisha huusi ja riuhtoi jalkaansa vapaaksi.

- *Cálmate!* Rauhoitu, en halua sinulle pahaa, miesääni lattialta kähisi, irroittamatta otettaan.

Trisha epäröi; ääni kuului selvästi vanhemmalle mieshenkilölle, jonka englannin aksentti oli hyvin espanjalainen.

- Avaa sitten nämä siteet! Trisha komensi, valmiina potkaisemaan miestä vapaana olevalla jalallaan.

- Kyllä, kyllä, anna minun nousta ylös!

Trisha kuunteli vaistoaan ja antoi miehen nousta.

- Kuka olet? hän tivasi ukolta.

Mies hieroi otsaansa, johon oli nousemassa kiitettävän kokoinen kuhmu.

- Olen Adulfo. Adulfo Rodríguez. Parturi. Ystäväsi tuntevat minut nimellä Sevillan parturi.

Trisha oli ymmällään. Sama vanha mies, jolta löytyneiden tietojen perusteella he olivat lähteneet selvittämään kymmeniä vuosia sitten sattuneen kultaerän katoamista Cartagenaan, seisoi nyt hänen edessään päätään pidellen.

- Miksi sieppasit minut? Trisha jatkoi kuulustelua.

- Se kulta kuuluu minulle! Arvelin, että te saisitte selville, mitä sille on käynyt, ja onnistuisin sinun avullasi kiristämään ystäväsi luovuttamaan sen minulle.

- Mutta emmehän me löytäneet mitään! Kaikki jäljet viittasivat siihen, että sinä itse olit kullan katoamisen takana! Sitä nämä suomalaiset olivat tulossa sinulta selvittämään.

- Aivan. He kävivätkin luonani eilen. Silloin tajusin, ettei kulta löydy teidän kauttanne.

- Miksi et sitten vain päästänyt minua menemään? Trisha huudahti.

- Siepattuani sinut ensin? Anteeksi vain, mutta kidnappaajaksi paljastuminen ei olisi näyttänyt kovin hyvältä.

Trisha mietti kuulemaansa ja ymmärsi, ettei mies päästäisi häntä lähtemään.

- Aivan, parturi arvasi hänen ajatuksensa. Hän oli kaivanut taskustaan esiin pienen käsiaseen ja osoitti nyt sillä Trishaa.

- Istupa alas. Usko tai älä, mutta olen kovin pahoillani tapahtuneesta. Mutta ymmärrät varmaan, etten voi vain päästää sinua menemään.

Parturi tehosti istuutumiskehotustaan pistoolinpiipun liikkeellä. Trishalla ei ollut muuta vaihtoehtoa kuin istuutua.

KOLMEKYMMENTÄYKSI

Käsiaseen piippu osoitti vuoroin minua, vuoroin Penaa. Sitten se yhtäkkiä lennähti osoittamaan kohti kattoa, iskeytyi sitten vauhdilla sivuseinään ja putosi muun aseen mukana lattialle. Aseen kantaja ynähti, putosi polvilleen ja kaatui siitä eteenpäin lattialle. Näkyviin tuli toinen hahmo.

- Kyykkä?! huudahdin.

- Hys, joku voi kuulla, Suopon agentti kuiskasi. Hän varmisti, että hänen edessään lojuva venäläinen oli tajuton, ja nosti sitten katseensa meihin.

- Auttakaa, niin nostetaan tämä kaveri pois näkyvistä. Saamme enemmän aikaa häipyä.

Pena availi käytävällä olevia ovia ja löysi siivouskomeron.

- Täydellistä, Kyykkä mutisi. Kippasimme uinujan moppien seuraksi kaappiin.

- Mitä teet täällä, kysyin.

- Seurasin teitä. Arvelin, ettette kuitenkaan malta odottaa sieppaajien yhteydenottoa, vaan alatte ottaa venäläisistä selkoa omin päin.

Siirsimme Penan kanssa katseemme kengänkärkiimme. Olimme vakoilijoina selvästi läpinäkyvämpiä kuin flamencomuusikoina.

- Nyt suosittelen, että häivymme ns. hyvän sään aikana. Ette löydä täältä mitään Trishaan viittaavaa, jos sitä tulitte etsimään.

Avasin suuni protestoidakseni muodon vuoksi, mutta lausuinkin ilmoille mieleeni juuri nousseen kysymyksen.

- Mistä tiedät, ettei täällä ole mitään Trishaan viittaavaa?
- Koska venäläiset eivät häntä siepanneet.

Olimme hetken kaikki hiljaa. Mitä tämä Tiitisen mies houri?

- Vaan...? aloitin kysymyksen.
- Rakas ystävämme, Sevillan parturi.

Tuijotin Kyykkää suu auki.

- Pitkä juttu. Tajusin sen sillä aikaa, kun söitte tostadoja Café Guadalquivirissa. Jokin hänen käyttäytymisessään varastolla jäi vaivaamaan minua.
- Mitä? Mikset tullut heti sanomaan?
- Ensinnäkin en usko, että Trishalla on mitään hätää. Toisekseen, hän ei oikeastaan mitenkään liity toimeksiantooni.

Olisin voinut kuristaa Kyykän. En kuitenkaan edes yrittänyt, sillä olin jo saanut huomata, että hänen koulutuksensa sisälsi todennäköisesti muitakin itsepuolustuskeinoja kuin pelkästään väittelytaitoa.

- Missä hän voi olla? pakotin itseni kysymään suhteellisen rauhallisesti.
- Todennäköisesti siinä rakennuksessa, jonne Pena häntä eilen seurasi, Kyykkä sanoi. – Lähdetäänkö katsomaan?
- Hetkinen, entä ankanpojat? Pena kysyi. – Meidän piti soittaa heidän kanssaan vielä keikan viimeinen kappale.

Kyykkä mietti hetken. Soittajat saattaisivat joutua tukalaan asemaan, jos suomalaisduo vain häviäisi ja hänen tyrmäämänsä neuvostagentti sattuisi virkoamaan.

- Lienee sitten parasta, että soitatte sen, ja hommaatte soittajatoverinne sen jälkeen mahdollisimman nopeasti ulos. Ylimääräinen siivoajamme saattaa pian herätä.

Kyykkä sanoi tapaavansa meidät keikat jälkeen talon taakse parkkeeraamassaan Audissa. Kompuroimme Penan kanssa sekavissa tunnelmissa takaisin takahuoneeseen odottamaan verhon takaa kuuluvan esityksen viimeistä kappaletta.

- Lyhyet soolot sitten, Pena muistutti minua, kun tuli vuoromme astua lauteille.

Juhlaväki oli vajentanut sekä shampanja- että vodkapulloja tiuhaan tahtiin, ja tunnelma oli varsin korkealla. Puheensorina ja huutelu ylitti paikoin musiikin volyymin, eikä suurin osa väestä tuntunut kiinnittävän juurikaan huomiota itse orkesteriin. Meno oli siis kuin suomalaisfirman pikkujouluissa, jollaisissa oli tullut vuosien mittaan soitettua.

Siirryimme alkuillan asemiimme lavalle. Juan ihmetteli hymyttömiä kasvojamme, mutta viittasin häntä vain aloittamaan kappaleen mahdollisimman nopeasti. Ilmeisesti ankkankolmikkokin oli ymmärtänyt, että meno yleisössä saattaisi kohta äityä jopa vaarallisen riehakkaaksi, ja sanattomalla yhteispäätöksellä niputimme viimeisen kappaleen pakettiin alta aikayksikön. "Baladilla de los Tres Rios" katosi soitettujen laulujen taivaaseen lyhyempikestoisena kuin koskaan ja sen kummempaa huomiota herättämättä.

Kumarsimme lyhyesti niille muutamalle aplodeeraajalle, jotka esitystä olivat vielä jaksaneet seurata ja poistuimme verhon taakse.

- Hieno keikka! Juan suitsutti. – Eikö ollutkin mukavaa?

- Oli, oli, myöntelin. – Mutta nyt meidän on parasta poistua, ja nopeasti.

Juan tajusi, että olin tosissani. Jaimito ja Jorgito katsoivat minua hetken kysyvästi, mutta alkoivat Juanin kehotuksesta pakata instrumenttejaan.

Äkkiä verho rävähti auki, ja edelleen hymytön rouva Kurnikova astui huoneeseen. Odottamani konetuliaseen sijasta hänellä oli kuitenkin kädessään ruskea kirjekuori.

- Palkkionne, hän sanoi.

Juan nappasi kuoren käteensä, kiitti nopeasti ja siirtyi jatkoksi jonoomme, joka jo hyvää vauhtia poistui sivuovesta käytävälle ja sieltä takapihalle.

Ulkona odottavan Audi Quattron lamput syttyivät.

- Tuo on meidän kyytimme, kerroin espanjalaisille. – Valitettavasti kaikki eivät mahdu kyytiin.

- Selvä se. Älä huolehdi, appelsiininväriset bussit hoitavat kyllä meidät täältä pois, Juan vakuutteli.

- Hyvä. Mutta toimikaa nopeasti! muistutin, ennen kuin istuin Penan ja Kyykän seuraksi nelivetoon. Audi korskahti ja ampaisi liikkeelle kohti keskustaa.

- Muistatko Pena, mihin asuntoon parturi joelta palattuaan meni? Kyykkä kysyi.

- Luulen niin. Ajetaan sille rantakadulle, niin ohjaan siitä eteenpäin.

- Tosiaan, sanoit hänen heittäneen jotain jokeen? muistin.

- Ne olivat todennäköisesti niiden teitä seuranneiden venäläisten aseet, Kyykkä sanoi. – Heillähän ei kummallakaan ollut asetta, kun löysit heidät kellarista – vai mitä, Kalervo?

- Öö...siltä vaikutti. Toinenhan oli jo kuollut, kun saavuin. Mutta ei se polveen ammuttukaan missään vaiheessa tapaillut minkäänlaista asetta, vastasin.

- Veikkaan niiden löytyvän joen pohjalta. Jos niitä nyt joskus etsitään, Kyykkä sanoi.

Ohitimme tietämättämme saman roska-astian, jonka alle Igorin edellispäivänä käyttämä radiopuhelin oli teipattu.

- Tuosta kadunkulmasta vasemmalle, Pena opasti Kyykkää. Kapealla, keltaisten katuvalojen valaisemalla kadulla ei ollut muuta liikennettä. Päivällistä ravintoissa syövät perheet ja muut seurueet olivat vasta tilailemassa jälkiruokiaan, ja keskustan kauppaliikkeet olivat jo sulkeneet oviaan. Kyykkä antoi Audin rullata hitaasti eteenpäin samalla, kun Pena tihrusti rakennusten ovia muistaakseen, mille niistä oli nähnyt parturin menevän.

- Seinä oli sillä kohdalla keltainen, hän sanoi ääneen.

- Niitä on aika monta, totesin katsellessani vaihtuvaväristen, toisiinsa kiinnittyneiden talojen mutkittelevaa nauhaa. Samassa muistin venäläisten talosta mukaani ottamani paperit.

- Ai niin, keräsimme nämä kartat ja muistiinpanot sieltä äskeisestä paikasta mukaamme. Vaikuttivat jotenkin tärkeiltä.

Ojensin paperipinon takkini sisältä Kyykälle. Tämä pysäköi autonsa kadun varteen niin, että vastaantulija mahtuisi ohitse. Kyykkä otti paperit ja tarkasteli niitä aurinkolipassa olevan lampun valossa hetken.

- No jopas jotakin, hän totesi kulmakarvaansa kohottaen.

- Tulkitsimme, että nuo useassa paikassa esiintyvä venäjänkielinen sana voisi tarkoittaa Ronald Reagania, kiirehdin selittämään.

- Aivan oikein tulkittu, Kyykkä sanoi. – Reagan on tulossa Espanjaan ja näissä papereissa kuvattu suunnitelma näyttäisi tähtäävän siihen, että hän ei ikinä poistuisi täältä. Ainakaan hengissä.

Tuijotimme Kyykkää sanomatta sanaakaan. Sitten Pena tuli taas vilkaisseeksi ikkunasta ulos.

- Tuo sen täytyy olla! Pena henkäisi ja osoitti erästä ovista.

- Kiitoksia näistä, minä hoidan ne eteenpäin, Kyykkä totesi laittaen paperinipun takapenkille. – Mutta hoidetaanpa tämä toinen juttu ensin alta pois.

Nousimme autosta ja katsoimme seinää, jolla Penan tunnistama ovi oli. Kolmikerroksisen rakennuksen katutason ikkunoissa oli kalterit ja ne oli suljettu tiiviisti. Ylempien kerrosten ikkunoiden eteen oli vedetty verhot, eikä niissä näkynyt liikettä.

- Mikä on suunnitelma? kysyin Kyykältä.

- Vaikuttaa siltä, että tuo ovi ei ole tuossa turhan takia. Muualta asuntoon ei näytä pääsevän, tämä vastasi.

Näin jo kuvitelmissani itsemme laskeutuvan talon katolle ripustettujen köysien varassa ja kommandopipot päässä yläkerran ikkunoille.

- Käytämme siis sitä, Kyykkä kuitenkin lisäsi ja mielikuvani possahti pois.

Kyykkä marssi ripeästi ovelle ja painoi sen karmissa olevaa ovikelloa. Jossain sisällä pirisi.

Kului hetki, ennen kuin lukkoa alettiin raplata sisäpuolelta. Kun ovi viimein alkoi raottua, Kyykkä työnsi sen voimalla auki ja totesi sisään marssiessaan:

- Saammeko tulla sisään?

Oven taklaamaksi joutunut parturi liiskautui Kyykän painamana eteisen seinään. Ihmettelin, miten tämän otsaan oli jo ilmestynyt pahannäköinen kuhmu, vaikka sen kohtaamisesta oven kanssa oli vasta muutama sekunti.

- Sinulla ei varmaan ole mitään sitä vastaan, että tutkimme asunnon? Kyykkä kysyi jälleen kohteliaasti ja hellitti otettaan parturin kurkulta sen verran, että tämä sai äyskäistyä jotakin kirouksen tapaista. Ohitimme Penan kanssa tämän dialogia käyvän kaksikon ja säntäsimme syvemmälle taloon. Alakerrassa ei näkynyt ketään. Keittiön pöydälle oli juuri nostettu pyyhe ja pussillinen jäitä, todennäköisesti otsan turvotusta laskemaan. Olohuoneen raskas sohvakalusto oli parhaat päivänsä nähnyt, mutta mauton sisustus ei yksin riittäisi perustelemaan luvatonta ja varsin näkivaltaista tunkeutumistamme yksityisasuntoon.

Rynnistin kapeita portaita myöten seuraavaan kerrokseen. Saniteettitilat olivat niin ikään kunnostuksen tarpeessa, mutta en jäänyt kehittelemään ideoita niiden päivittämiseksi 80-luvulle, vaan siirryin makuuhuoneeseen, jonka ovi oli auki. Normaalin kalustuksen lisäksi huoneessa ei ollut mitään erikoista. Sitten huomasin oven, joka johti huoneesta johonkin toiseen, arvatenkin vaatehuoneeseen. Ovi vaikutti raskastekoisemmalta kuin muut asunnossa näkemäni. Huomioni kiinnittyi lisäksi sen karmeihin. Niitä oli selvästi kohenneltu polyuretaanilla tai jollakin muulla vastaavalla. Tajusin, että syy moiseen voisi olla äänieristyksen lisääminen.

Kokeilin ovenkahvaa. Se kääntyi, mutta tuloksetta, eli ovi oli lukossa. Muistin Kyykän Audin peräkontin.

- Pena! huusin taakseni portaikkoon. – Hae Sesam!

Juoksuaskelista portaikossa päättelin, että Pena teki työtä käskettyä.

- Kalervo? kuului tuttu ääni vaimeasti oven sisäpuolelta.

- Trisha! Odota hetki, niin saamme oven auki! huusin takaisin. Sitten juoksin portaikkoon.

- Kyykkä, Trisha on täällä! Yritän avata oven sorkkaraudalla, kun Pena tuo sen! Pärjäätkö?

- Ei huolta, me täällä rupattelemme mukavia sen aikaa, kuului agentin vastaus.

Pena puuskutti samassa sisään taloon ja kipusi portaat ylös sorkkarauta kädessään. Näytin löytämäni oven ja Pena työnsi sorkan sen lukkopesän viereen.

- Onko se hyvin? Väännetään molemmat, ehdotin.

Saimme kiskoa muutaman kerran, ennen kuin oven rakenne antoi periksi. Hakkasin raudan koukulla lukkoa niin monta kertaa, että se vihdoin painui oven sisäpuolelle ja vapautti kielen lukkopesästä. Viimeistelin työn potkaisemalla oven auki.

Trisha räpisteli itkettyneitä silmiään tottuakseen makuuhuoneesta tulvivaan valoon. Kaappasin hänet syliini.

- Kaikki on hyvin, se on nyt ohi, toistelin hänelle.

- Mennään alakertaan, sieltä löytyy varmasti jotain, jolla saamme tuon nippusiteen auki, Pena sanoi.

Kapusimme rappuset alas ja tongimme keittiön laatikostoja niin kauan, että löysimme sakset. Napsautin Trishan ranteita hiertävän muovinauhan poikki. Hän kiitti ja alkoi hieroa ranteitaan.

Kyykkä raahasi parturin keittiöön ja tyrkkäsi tämän istumaan.

- Nyt olisi hyvä tilaisuus hiukan selittää ja pyytää neidiltä anteeksi, hän sanoi parturille espanjaksi.

Parturilla oli vaikeuksia päästä jutun juuresta kiinni, mutta Kyykän kevyt painallus hänen turvonneeseen otsaansa liukasti hiustaiteilijan kielenkannat.

- Hyvä on, hyvä on!

Parturi kertasi meillekin sen, minkä Trisha oli jo aiemmin saanut kuulla: katkeroitunut parturi oli ajatellut vihdoin pääsevänsä kadonneeseen kultaerään kiinni laittamalla meidät selvittämään sen sijainnin puolestaan. Onneksi tarina loppui tällä kertaa Trishan kannalta valoisammin kuin hänen aiemmin kuulemansa versio.

Kyykkä sanoi järjestävänsä parturin telkien taa vielä samana iltana, syytettynä nyt ensi hätään esimerkiksi vapaudenriistosta. Ja kunhan Sevillan poliisi ehtisi naarata Guadalquivir-joesta vielä kuolleen venäläisagentin oletetun murha-aseen, syytelista kasvaisi uuteen ulottuvuuteen. Ruumishan poliisilla jo olikin, joten motivaatiota pieneen kalastusreissuun löytyisi.

Kyykkä nousi ylös ja meni eteisessä sijaitsevan, matalan puhelinpöydän luokse. Luurin nostettuaan hän kiersi numerokiekolla yhdistelmän, joka aiheutti puhelimen hälytyksen läheisellä poliisilaitoksella. Lyhyen keskustelun jälkeen hän palasi keittiöön.

- Poliisi on tulossa, hän sanoi.

Istuimme hetken aikaa ääneti, parturi otsaansa pidellen, Trisha ranteitaan hieroen ja me muut tyhjyyteen tuijottaen.

- Mutta jos kulta ei ole hänellä eikä venäläisillä, niin mihin se on voinut päätyä? Pena sitten mietti ääneen suomeksi.

Katsoin Kyykkää. Tämä vastasi katseeseeni, muttei sanonut mitään.

- Osasto Karhu? sanoin. Kyykkä jatkoi mykkäkouluaan.

- Eli onnistuiko tuon suojelupoliisin erikoisjoukon siis 50 vuotta sitten ryöstää Cartagenasta 7500 kiloa Espanjan valtion Neuvostoliittoon matkalla ollutta kultaa? Ja toimittaa se yhtä 75 kilon laatikkoa lukuun ottamatta Suomeen?

Kyykkä ei reagoinut sanomaani, vaan antoi minun oivaltaa asiat yksi kerrallaan.

- Ja sinä tiesit tämän koko ajan? tivasin.

- No, kuten aiemminkin sanoin, tämä teidän kullanetsintäepisodinne ei varsinaisesti liittynyt toimeksiantooni täällä Espanjassa, hän vihdoin sanoi.

Yritin jälleen hillitä itseni, etten olisi käynyt arrogantin agentin kimppuun, itselleni huonoin seurauksin.

- Kuinka kulta saatiin Suomeen? kysyin.

Kyykkä mietti hetken ja teki sitten päätöksen vastata.

- En sitten jälkeenpäin myönnä kertoneeni teille mitään. Mutta koska hankkimanne, Yhdysvaltain presidentin valtiovierailun sabotointiin liittyvät dokumentit ovat varsin hyödyllisiä koko läntiselle maailmalle, voinen lievittää tiedonjanoanne edes hiukan.

Kumarruimme Penan kanssa vaistomaisesti eteenpäin kuuntelemaan. Trisha ja parturi eivät ymmärtäneet käymästämme, suomenkielisestä keskustelusta sanaakaan, mutta se oli heille vain hyväksi.

- Sevilla oli vuonna 1936 Francon johtamien kapinallisten hallussa, toisin kuin Cartagena, josta kulta tänne tuotiin. Koska Neuvostoliitto tuki sekä joukoillaan että aseillaan tasavaltalaisia, Suomi tietenkin tuki kapinallisia, Kyykkä taustoitti alkuun.

- Osasto Karhu onnistui sopimaan, että he saivat kullan mukaan rahtialukseen, joka lähti Sevillasta kohti Amsterdamia vain pari päivää kullan sieppaamisen jälkeen. Agenttimme Hollannissa järjestivät sille jatkokuljetuksen sieltä eteenpäin Helsinkiin, agentti jatkoi.

- Entä se kellarissa näkemämme laatikko? Ja Cartagenasta Sevillaan lähtenyt kuorma-auto? tivasin.

- Osasto Karhun raportissa mainitaan tosiaan, että he saivat apua nuorelta espanjalaiselta merimieheltä, joka oli yllättänyt heidät Cartagenan satamasta itse teossa. Tämän henkilöllisyyden turvin he olivat päässeet lasteineen lähtemään kuorma-autolla Sevillaan. Raportin mukaan yksi laatikko oli jätetty perillä tälle nuorelle miehelle auttamaan kapinallisten aseostojen rahoittamisessa.

- Paitsi että kulta ei ikinä päätynyt Francolle, vaan parturimme piti sen itsellään, summasin Kyykän puolesta ääneen.

Ulkopuolella välähti poliisiauton vilkkuvalo. Pian ovikelloa soitettiin. Kyykkä nousi ja menin avaamaan oven. Kohta kaksi, ruskeaan univormuun pukeutunutta konstaapelia ilmestyi keittiöön.

- *Señor, le arrestaremos por sospecha de privación de libertad,* toinen sanoi samalla, kun toinen kiinnitti parturin kädet käsiraudoilla selän taakse. Alistunut mies ei tehnyt vastarintaa.

Sitten konstaapeli kääntyi Trishan puoleen ja käski myös häntä lähtemään heidän mukaansa poliisiasemalle, lausunnon antamista varten.

- Haluatko, että tulen mukaasi? kysyin.

Trisha nousi ylös ja katsoi minua vakavana silmiin.

- Luulen, että on parempi, ettet tule. Sinuun tutustuttuani olen kokenut paljon, mutta en jaksa enää enempää tällaista. Meistä kahdesta ei tulisi mitään. Olemme liian erilaisia. Kun tämä poliisiasia on selvä, palaan takaisin Yhdysvaltoihin. Kihlattuni Matt ja tuttu, turvallinen elämä odottavat minua siellä.

- Mutta..., aloitin, mutta Pena tarttui olkapäähäni sen merkiksi, ettei ehkä kannattanut pitkittää jäähyväisiä. Trisha näytti tehneen päätöksensä.

Katsoin, kuinka poliisit veivät raudoitetun parturin ja Trishan ulkona odottavaan virka-autoonsa. Sitten hain katseellani Kyykkää pyytääkseni häntä vielä yrittämään tehdä asialle jotain, mutta mies oli liuennut kuin homeopaattinen lääke vesilasiin.

- Hemmetin Mustanaamio, mutisin.

- Eiköhän lähdetä kinuamaan yösijaa Pepeltä, Pena sanoi ja taputti minua lohduttavasti olkapäälle.

EPILOGI

Jälleen yhden Pepén sohvalla nukutun yön jälkeen palasin hänen kyydissään Landis&Gyrin kilowattituntimittaritehtaalle. Katsoin olevani selityksen velkaa meidän molempien esimiehelle, José Antoniolle. Matkalla pudotimme Penan rautatieasemalle. Espanjaa oli kuulemma vielä näkemättä, ja kiskot veivät hänen mukaansa juuri oikeaan suuntaan. Hyvästelyseremoniamme oli kättelyineen suomalaisen koruton, eikä Pepé voinut olla pudistelematta sille päätään.

- Te ette juuri tunteile, hän summasi tilanteen, kun jatkoimme matkaa tehtaille. Onneksi hän ei nähnyt pääni sisään, olisi voinut vielä hämmästyä.

Hermostukseni näkyi päälle päin, kun astuimme hissistä kehitysosaston tiloihin. José Antonion päälaki paistoi lasiseinän takaa hänen toimistohuoneestaan. Ovelle saavuttuani hengitin syvään ja koputin siihen.

- *Sí, adelante!* kuului komento sisältä.

Astuin huoneeseen ja suljin oven perässäni. José Antonio kääntyi tuolillaan minua kohti.

- Minä... tuota... aloitin, mutta hän nosti kätensä sen merkiksi, etten jatkaisi.

- *Está bién.* Suomen poliisista agentti Ku...Kukka..., hän tankkasi.

- Kyykkä, autoin vaistomaisesti.

- *Exactamente.* Hän soitti ja kertoi, että olette osallistunut salaiseen operaatioon, josta on ollut suurta hyötyä sekä Suomelle että Espanjalle. Pahoitteli kovasti aiheuttamaanne sotkua.

- Minä myös, mutisin ja ajattelin, ettei agentti Kyykkä sittenkään ollut aivan tunteeton.

- Ette taida olla insinööri? José Antonio kysyi.

- En.

- Eikä teillä varmaankaan ole mitään käsitystä noista virtapiirikaavioista?

- Ei ole, myönsin.

José Antonio huokaisi puolestaan syvään ja mietti hetken.

- No, ei se mitään. Firmanne, siis Valmetin, yritysostohanke on kuulemma muutenkin lopetettu, eivätkä he enää halua kartoittaa tekemistämme täällä. Heillä on kuulemma tiedossa jokin mahdollinen suomalainen ostaja toiminnoilleen.

- Ymmärrän.

- Eli komennuksenne täällä olisi joka tapauksessa loppunut. Säästynpä potkimasta teitä itse pihalle. Jonne osannette itse?

Yli-insinööri teki selväksi, että audienssi oli päättynyt kääntymällä takaisin pöytänsä ääreen. Poistuin huoneesta ja vinkkasin Pepélle.

- Et ole sattumoisin ajamassa lentokentälle päin?